国語、数学、理科、誘拐

青柳碧人
Aoyagi Aito

文藝春秋

国語、数学、理科、誘拐

書き下ろし作品

装画…小倉マユコ
装幀……関口信介

目次

★おもな登場人物★

加賀見成一
JSS進学塾の塾長。

一色正嗣
社会担当の講師。大学院修士課程一年生。

月谷優子
英語・国語担当の講師。大学四年生。

本庄拓郎
理科担当の講師。大学一年生。

西川麻子

社会・国語担当の講師。大学一年生。

織田楓

算数・数学担当の講師。大学一年生。

近衛美郷

ＪＳＳ進学塾に通う、中学三年生の女の子。優等生。

上高田倫司

ＪＳＳ進学塾の卒業生で、元講師。

問12

ニュートン算

ある星の農場では、非常に生長の早いヒトデ型イチゴを栽培している。

もし 8 本足のタコ星人が3人でこの農場のヒトデ型イチゴを摘み取るとすると 10 日で摘み取り終わる。もし 10 本足のイカ星人が2人で同様の作業をすると 18 日で摘み取り終わる。

では、タコ星人1人とイカ星人1人で作業に当たると、何日で摘み取り終わるか。

ただし、ヒトデ型イチゴが実を実らせる早さは一定とし、摘み取り作業の速さは各々の宇宙人の足の数に比例するものとする。

——何よ、こんなところに連れてきて
——お前……
——何？
——さっきのテスト
——テスト？
——カンニング
——え？
——カンニング、してただろ
——……してないよ！
——嘘つくなよ。俺、見てたんだからな。石田《いしだ》の解答を、ちらちら見てただろ
——変なこと言うの、やめて。だいたい、あんたも私のこと、見てたからそんなこと言えるんでしょ？
——………
——自分だって、カンニング、してたんじゃないの？
——俺は、人の答えを見たりなんかしない
——どうだか……とにかく、私、見てなんかないからね！　先生に言ったって、あんたなんかより私のほうを信用してくれるに決まってる
——先生になんか、言わないよ
——……ふん

――なあ

――何よ

――優等生でいるって、お前にとって、そんなに大事なことか？

――え？　何？

――テストの点数、そんなに大事なのか。俺たちにとって。それを、聞いてみたかったんだ

――大事に決まってるじゃん

――カンニングしても

――……ほっといてよ。私は、点数取らなきゃいけないの

――何のために

――私の、私の家のことなんか、何にも知らないくせに！

1
限目

加賀見塾長と五人の講師

福山翔太《ふくやましょうた》くんから結婚の報告を記した手紙が届いたのは、今日の午前中のことだった。彼が大学院を卒業し、この塾を去ってからもう四年になる。

あとで講師のみんなにも見せてあげよう。加賀見成一《かがみせいいち》は微笑《ほほえ》ましく思いながらその手紙を引き出しにしまい、立ち上がったばかりのパソコンを操作する。

六月が始まるともう、夏期講習の予定表を作らなければならない。

加賀見の経営するＪＳＳ進学塾は、小学五年生から中学三年生までを対象とした個人塾だ。講師陣は、塾講師専門の人材派遣会社から派遣されている講師が二人と、学生のアルバイト講師が五人。この七人に加賀見自身を入れた八人で、五学年の授業を回している。

中三社会を担当している大学院生の一色《いっしき》くんはこの夏休み、修士論文の準備のために愛媛《えひめ》県に行く予定があるそうなので、今回の講習にはあまりコマ数を入れられない。中三は私立型の三教科に力を入れる時間割にするべきだろうか、それとも、一年目の大学生講師、西川《にしかわ》さんを使うべきだろうか。だが、彼女は地理の実力だけは抜きんでているが、公民が少し弱いようだし……。

五人の学生講師は全員、ＪＳＳ進学塾の卒業生である。五十五歳になる加賀見が、東京から電車で四十分ほどのベッドタウンである君川《きみがわ》という街に塾を立ち上げたのはもう三十年も前であり、創立当初からこぢんまりとした地域密着型の塾として経営をしてきた。この塾では、大学生になった卒業生を時間講師として雇うという方式を伝統的に取っている。生徒たちに年齢の近い学生は、勉強はもちろんのことだが、恋愛や部活など中学生特有の悩みなどに積極的に答えてくれる。塾全体にアットホームな雰囲気を作り出し、それによって生徒一人一人の苦手分野などもチェックできる。こういった、大手チェーンの学習塾のマニュアルにはない指導スタイルが地域で評判となっており、毎年生徒を集めているのだった。

「Can you speak English ?」

教室のほうから、月谷《つきたに》さんの声が聞こえてきた。金曜五時からは、小六英語の授業だ。英文法もさることながら、彼女の国語の文章読解の、論理的な解答へのアプローチ方法の指導は、一部の生徒たちから絶大な支持を得ており、成績向上の効果も上がっている。

「Can you speak English ?」

リピートする生徒たちの元気な声。

「Yes,I can.」

「Yes,I can.」

子どもは苦手だと言い続けて四年間。月谷さんも塾講師としての実力をつけてきた。就職には失敗したと一時期落ち込んでもいたが、目標を留学に変え、頑張っているようだ。

――先生、この「タケルは落とし穴を掘った」という文章について、ひとついいでしょうか？

彼女がまだ中学生だった頃、国語の授業中に質問してきたことを思い出す。

――「落とし穴を掘る」という表現はおかしいのではないでしょうか？

――どうして？

――「掘る」という動詞の意味は、辞書には「何かに穴を開けながら進む」と書かれていました。ところが、「落とし穴」というのは、地面にできたくぼみとその空間のことを指す言葉ですよね？

――うん、そうだね。

――つまり、「落とし穴」というすでに土がくぼんだ空間に対し、さらに「掘る」という行動はできないと思うのですが……。

彼女は言葉に対して敏感なのだ。子どもはこうやって、大人が当たり前に思っていることに突っ込んでくることがある。

――え……？

加賀見はすっかり答えに窮してしまった。

――「穴を掘る」でいいじゃねーか、別にー。

そのやりとりを聞いていた一人の男子生徒が口を挟んだ。月谷さんは彼のほうに顔を向けた。

――おかしいと思うのです。「掘る」のは「穴」という物質のない空間ではなく、「土」という物質そのものでなければ。だから、ここは「タケルは落とし穴を作る目的で土を掘った」という表現が正しいと思うのですが。

――うるせー、月谷、お前、理屈っぽいんだよ！

そう。彼女は理屈っぽい。だがそんなところが、英文法や国語の読解問題になると長所として存分に発揮され、かなりいい成績を収めていたのも事実だ。彼女のそういう性格は、加賀見にとって微笑ましいところでもあった。

携帯電話が、電子音を鳴らした。

パソコンにメールが届いた音である。ここ一週間ほど何回も聞いているその音に、加賀見は多少気分が滅入る思いを覚える。

また、田畑秀志《たばたひでし》くんの母親だろうか？

田畑くんはこの三月に入塾してきた中学三年生の男の子だが、いまいち成績が上がっていない。塾の指導について心配事をぶつけてくる保護者は今までにも多くいたが、繰り返しメールで長文を打ってくる母親は初めてだった。先日はこのスタッフルームに押しかけ、金切声《かなきりごえ》をあげてヒステリックに叫んでいた。成績が上がらないのは塾の指導が悪いのではないか、講師が学生なのがいけないのではないかと、同じようなことを何度も。特異なタイプの保護者だ。

それに、実は中三の一部の女子生徒から、田畑くんが同じクラスの男子からいじめを受けているという報告もある。裏は取れていないのだが、これが事実だとしたらやっかいだ。

田畑秀志くん本人が塾をやめたくないと言っているから今のところは続いているが、ひょっとしたら彼は近日中にやめてしまうかもしれない。どんな生徒にもいいところがあって、そこを伸ばすように声をかけてあげることができればいいのだが、正直なところ、田畑くんに関しては、加賀見はまだそこまでのフォローはできていなかった。

ブラウザを立ち上げ、「着信１件」を確認。とにかく、見ないことには始まらないので、受信ボックスをクリックする。

「え？」

思わず声を上げてしまった。

そこに、あまりにも予想外のタイトルが現れたからだった。

「誘拐のお知らせ」

＊

「それではみなさん、黒板の上に書かれたこの十個の新しい単語を」

「せんせー」

「練習するために、ノートの上に十回ずつ書きましょう」

「せんせーせんせーせんせー」

彼女にはよくあることだが、宇津木八重子《うつぎやえこ》さんが叫びながら机の上を叩いた。彼女は自分の発言を無視されるのを好まない。小学校六年生だから仕方がないとはいえ、月谷優子《ゆうこ》はそれが嫌だった。というのも、月谷は子どもがあまり好きではないからだ。

「せんせーせんせーせんせーせんせー、ねえぇー」

「どうしたのですか、宇津木さん」

月谷は仕方なく、発言を促した。

「つぼ、って英語でなんていうんですかー」

その質問を聞いて、月谷は戸惑った。もし答えられないと、生徒の気持ちが離れていくかもしれない。

宇津木さんだけではなく、残りの七人の生徒たちもまた、興味深げに月谷の顔を見ている。

「ｊａｒでしょう」

「じゃー」

英語には自信があるが、その答えが小学生の要求を満たせるとは限らない。月谷は、授業中のこういう不意の質問が苦手だった。思わず、着ている白衣の裾《すそ》をつかむ。

「または、ｐｏｔ」

「あ、そのつぼじゃなくて」

宇津木さんは彼女自身の左の手を見せるやいなや、右手の親指でぐにぐにと押しはじめた。

「ここは、胃腸に効きます、ここは神経に効きます」

「ツボ……もしあなたがそこを刺激したら、体中のいたるところにいくつかの効果をもたらすことが期待されるポイント、を指す、あのツボですか？」

「ええっと、うん。そんな感じ」

そのツボは……何というのか。そもそも、英語圏の国々に「ツボ」の概念があるのかどうか、月谷は知らない。最近では東洋医学もかなり世界に浸透しているだろうから、訳語があるかもしれないが。

「せんせー、わかんないの？」

松本由利《まつもとゆり》さんが意地悪く笑いながら言った。彼女は、いや、彼女だけでなく（一般的に）生徒というものは、自分が勉強できないことは棚に上げて、講師が質問に答えられないことを探すのに必死なものだ。さっきまでしっかり勉強する雰囲気だったのに、すぐに周りの生徒たちも彼女のペースに巻き込まれていく。これだから、子どもは苦手だ。月谷は、初めて小学生向けの授業を担当したときから（現在まで継続してずっと）、自分には向かないと人知れず嘆き続けている。というのも、月谷の得意分野は、構文やイディオムなどの筆記用の英文法であるからだ。

早く留学して、生きた英語を取得して、今度こそは就職に失敗しないようにしなければならない。

「それはともかく」

自分自身の惨《みじ》めさを払拭《ふっしょく》するように、月谷は声を少し大きくした。

「黒板の上に書かれたこの十個の新しい単語を」

そのとき、教室の扉がノックされた。

「すみません、月谷先生」

顔を覗かせたのは、加賀見塾長だった。彼はしばしばこのように、授業中でも連絡事項を伝えに来ることがある。

「はい」

「山下愛子《やましたあいこ》ちゃん、来ていますか？」

「きてなーい！」

月谷が答えるより早く、宇津木さんが反応した。

「そう、来てない？」

にこやかに、宇津木さんに向けて笑顔を作る塾長。こういう子ども向けの対応ができたらなあ。

「お休みですか？」

「いや。ちょっと事情があって、今日は彼女、来ないかもしれません」

「そうですか」

「授業の邪魔をして、すみませんでした」

塾長は扉を閉めた。見たことがないくらい複雑な表情だった。

月谷自身も中学生の頃は、この「ＪＳＳ進学塾」に通ったものだ。大学生になってから改めて、講師としてこの塾で働きはじめ、すでに四年目になるのだが、中学生時代を含めても、あのように不安そうな塾長の顔を見るのは初めてだった。

もしかすると山下愛子さんに何か、あったのだろうか？

彼女はこの小六英語の生徒の一人だ。今の一件があって思い出したことだが、彼女が月谷の授業を遅刻したことはこれまでに一度もない。いつも授業開始時にはきちんと自分の席に着いている。実際のところを言うと、あの真面目で大人しい性格から考えて、彼女はもっとも遅刻などしない生徒に思える。

加賀見塾長の胸騒ぎが、月谷にも伝わってくるようだった。そう言えばここ最近、物騒なニュースが多い。群馬でも、北海道でも……。

「せんせー、書き終わりました」

岡本良郎《おかもとよしろう》くんが手を上げたので、月谷は我に返った。

彼のノートの上には、字が几帳面《きちようめん》に並んでいた。……「dasketdall」。

「岡本くん、あなたはｂとｄを書き間違えています」

「えっ？」

その意外そうな顔が可愛く感じられ、月谷は口元に笑みを浮かべた。

＊

「デンダスイチョウ、タンイスイチョウ、シタンスイ……」

自転車を漕ぐ塾への道すがら、本庄拓郎《ほんじようたくろう》は今日の七時からの授業で教えるべき「呪文」を復習していた。今日は金曜日。ＪＳＳ進学塾で、担当の中二理科の授業がある日だ。

拓郎自身も、中学生、特に三年生のときにはＪＳＳ進学塾でひーひー言いながら夏期講習や冬期講習を過ごした過去を持ち、おかげで第一志望の高校に合格することができた。高校時代はサッカーに明け暮れてしまったため大学は現役合格できなかったものの、一年の浪人生活を経て、今年、ようやく国立大の理系学部に合格したというわけだ。

大学に入ってやりたいことはこれと言ってなかったけれど（元来、スポーツさえできりゃなんでもいい、という性格だ）、ひとつだけ希望があった。それは、ＪＳＳ進学塾に戻り、学生講師としてアルバイトをすることである。

どうやら他の大手チェーンの塾より時給がいいらしいぞ、ということを中学生の頃から同級生たちと噂していたのだけれど、その噂はまあまあ本当で、満足している。

でも、給料に見合う仕事をするとなると、やっぱりキツい。中学生の理科なんて楽勝だぜ！　と高をくくっていたものの、物理・化学で大学受験をしたからか、中学校理科の2分野、つまり「生物・地学」の知識がすっかり抜けていた。道管・師管って何？　安山岩・流紋岩って？　小笠原気団？　揚子江《ようすこう》気団？？　ってなレベルで、あわてて勉強し直しているところだ。

「デンダスイチョウ、タンイスイチョウ、シタンスイ」

中二の時の理科のノートを押し入れの中から引っ張り出して確認してきた呪文をもう一度唱える。

よし、口になじんできた。

デンダスイチョウ、タンイスイチョウ、シタンスイ。

でんぷん（炭水化物）→唾液、すい液、腸液。

タンパク質→胃液、すい液、腸液。

脂肪→胆汁、すい液。

食物の三大栄養素が体内の消化器官を通過するとき、どの消化液によって分解されるか（厳密に言えば胆汁は脂肪に対し、化学的定義の「分解」をするわけではないけれど）を覚えるためだけの、意味のないフレーズなのである。

——そんなの覚えにくいだろ、タクロー！

H1クラスの男子生徒どもがそう叫ぶ姿が目に浮かぶ。無理もない。拓郎だって中二のとき、理科を担当していた大学生講師の福山先生に同じことを言った。だけどこれが不思議なもので、食物の消化の問題が出るたびこの呪文を唱えながら解くうちに、いつの間にか口になじんでしまっているのである。「勉強は、慣れが大事」というのは加賀見塾長からずっと聞かされているJSS進学塾の信条の一つだ。

塾の前の駐輪スペースに、自転車を停める。

「デンダスイチョウ、タンイスイチョウ、シタンスイ」

もう一度口ずさみながら、「JSS進学塾」と書かれたガラス戸を引き、中へ入った。正面の壁掛け時計は六時四十五分を指している。授業開始まで、あと十五分。

「こんばんは！」

受付の野村《のむら》さんに挨拶《あいさつ》をすると、いつもとは違ってちょっと神妙な顔つきをしながら「こんばんは」と返してきた。

「どうしたんすか？」

「ちょっと、大変なことが起こってるみたいよ」

野村さんは拓郎が現役中学生だった頃からこの受付に座っている気さくなおばちゃんだ。こんな表情は見たことがない。

「こんばんは……」

恐る恐る、スタッフルームのドアを開ける。右手はずらっと百数十冊のテキスト類が並んだ本棚。奥の扉の向こうは、講師たちの荷物置き場。左手にはコピー機と印刷機。ほとんど空きスペースのない小さな部屋だ。

塾長の机の近くには、加賀見塾長の他に、大学四年生の月谷さんと、一年生の織田楓《おだかえで》がいた。

「どうしたんすか？」

カバンをデスクに置いて、拓郎は尋ねた。月谷さんと織田楓がいつもと違う位置にいる。

講師用のデスクは四つ、向かい合わせに据え付けられている。日によってメンバーが違うから、誰がどの席とは決まっていない。その四つのデスクから少し離れた奥に、塾長専用のデスクがあって、パソコンが置かれている。加賀見塾長はそこに座り、月谷さんと織田楓は後ろからディスプレイを覗き込んでいるのだった。

「タクローセンパイ、一大事ですよぉ」

織田楓が言った。赤に白いドット柄の丸襟《まるえり》ワンピース。肩のあたりで大きく外にハネた黒髪。頭頂部には大きなピンク色のリボン。この塾は講師陣の服装には寛容だけれど、それにしても、織田のフシギ系を意識したファッションは浮いていると生徒の間でもよく話題に上る。

そんなことより、一大事って一体……？

「本庄くん、大声出さないでよ」

手招きされるまま、拓郎は塾長のデスクに近づいてディスプレイを見た。メールソフトが開かれていた。

「差出人　hanninn@extra.co.jp
タイトル　誘拐のお知らせ」

「なんすか、これ？」

誘拐、だって？

拓郎はそのまま、本文に目を落とした。

「JSS進学塾　塾長様
おたくの塾生、山下愛子を誘拐した。

返してほしければ、身代金を用意しろ。

詳細は、本日九時に再度メールをする。

なお、くれぐれも警察、および山下愛子の家族には、
このメールのことを言わないこと。

言った場合は、山下愛子の命はない。」

へへっと、思わず笑ってしまった。塾長も月谷さんも、織田楓ですら真剣な顔つきで、よけいに可笑《おか》しくなる。

「ふざけたイタズラですね」

「イタズラで、こういうことをするだろうかね、本庄くん？」

「だって、メールアドレス、公開されているんでしょ？」

ＪＳＳ進学塾には業者に発注して作ってもらったウェブサイトがあり、塾の公式メールアドレスも記載されている。たまに保護者から受験についての質問も届くと、研修で塾長が言っていた。

それに差出人のメールアドレス。＠以降が簡単に取得できるフリーメールのドメインじゃないか。生徒の中には「趣味、パソコン！」と公言しているやつらもたくさんいるから、こういうイタズラを思いついてもおかしくはない。

塾長は生徒と年齢が離れているから、きっと生徒たちが何に興味があるかなどにアンテナを張っていないんじゃないかと拓郎は思った。その点、自分は生徒とのコミュニケーションが塾長や他の講師たちの誰よりも取れているという自負がある。さしずめ、中三の渡《わたり》か中俣《なかまた》あたりだろう。

「でも、『命はない』だよ？」

塾長は拓郎の顔を見上げた。

夏期講習や冬期講習では、英語・数学に関してかなり塾生たちをしごく塾長の顔が弱気なのが、拓郎には意外でもあり、可笑しくもあった。

「誘拐犯の真似事をするんだから、これくらいのことは書きますって」

「今日、山下愛子さんは授業に来ませんでした」

月谷さんが話に入り込んできた。

「彼女は、何も連絡を入れずに塾を休むようなことをもっともしなそうに見える生徒です」

はいはい。……"the last person～"ね。

月谷さんは四年生なので、塾講師としては拓郎より三年先輩だ。ショートの黒髪に、丸い鼻と丸い輪郭、オレンジ色のプラスチックフレームのメガネ。なぜか授業のときにはワイシャツの上に白衣を着る。英文法が得意なためか、話し方までところどころ英文法の直訳のような口調になる。

「でも、聞いたことないですよ。脅迫状をメールで送ってくるなんて」

「ほわ。群馬の事件では、初めの脅迫状、メールで送られてきたんですよ！」

驚く織田楓。

「なんだよ、群馬の事件って」

「ええ、タクローセンパイ、知らないんですかぁ？」

両手のひらをほっぺたにつける、得意の無駄なアクションだ。頭上のピンクリボン、やけに目につくなぁ。

「これだよ」

塾長はインターネットのニュースサイトを開いていた。

群馬、女児誘拐、悲惨な結末
――群馬で小学一年生の女の子がさらわれ、犯人から身代金三千万円の要求があったものの、受け渡しに失敗し、昨日、山中で女の子の遺体が発見されたのだという。犯人はいまだ捕まっていない。そういえば、大学で友人が読んでいたスポーツ新聞に、そんな記事があったかもしれない。

「北海道でも似たような事件が起きてますしね、怖いです……」

目を伏せる織田。塾長以下三人は、本気で山下愛子という生徒が誘拐されたことを心配し始めているようだった。

「家族じゃなくて、塾に脅迫状、送りつけてきますか？」

引っ込みがつかなくなっていた。

「そう言えば、おうちの方は何と言っているんです？」

「それが、ここに『家族には伝えるな』と書かれているので、連絡を入れてないんだよ」

塾長は答える。

「向こうからの連絡は？」

「せめてそれがあれば、こちらもそれとなく事情を探れるとは思うんだけどね」

「じゃあご家族は、娘さんが今日塾に来ていないこともまったく知らないんですか？」

「ああ、一応、ことがことだからね」

「加賀見先生、考えすぎっすよ。イタズラに決まってますって。ひょっとしたら、この山下愛子ちゃん本人が犯人だっていうこともあり得ますよ」

「山下さんは、パソコンを使いこなせそうにありません」

月谷さんがまた反論する。

「いまどきパソコンなんて、小学生でも使えますよ。フリーメールのアドレスくらい取得できるし、今日は塾をずる休みしたかったから、自分が誘拐されたことにした。どうすか、このシナリオ」

うんうん。そういうことだろう。

「彼女はそういう子ではありません」

月谷さんは言い返してくる。

「パソコンというよりはむしろ、本やお絵かきを楽しむタイプの子です」

今度は"not so much A as B"だ。書き換え、何だっけな。

「山下愛子ちゃんの家っていうのは、お金持ちなんですか？」

「ここらへんじゃ、ごく普通の一般家庭だね」

加賀見塾長が眉の間にしわを寄せながら答えた。

「今年の四月から通い始めた子だけれど、さっきご家庭の調査票で確認してみたら、お父さんは不動産会社に勤務している。お母さんも働きに出ているから共働きで、犯人はさらいやすかったのかもしれない」

「でも、まさか……」

拓郎はまだ信じられない。もともと楽観主義で、大きな不幸話は自分には降りかからないと思っている。自分の乗った電車が脱線事故を起こすわけはないし、自分の父親が痴漢《ちかん》の冤罪《えんざい》で訴えられるわけがない。誘拐事件だって同じことだった。

「まあ、もちろん私も、誰かのイタズラであることを願っているけれど、とにかく、九時にくるという二通目の指示メールを待つか」

「山下愛子ちゃんの家には連絡しないんですか」

「万が一、犯人が逆上したらまずいだろう、万が一」

塾長が慎重な表情を見せたそのときだった。

「すみませーん、タクロー」

ひょっこり、スタッフルームのドアの陰から少年が顔を覗かせた。中二・H1クラスの香川《かがわ》だ。

「宿題、どこでしたっけ？」

「香川、お前、先週もおんなじこと、言ってたろ」

イタズラにしても、脅迫メールの件は生徒には伏せなければならない。たぶん、授業も通常通りだ。

拓郎は香川に、教室に戻るように指示した。

時刻は六時五十分、教室には続々生徒がやってきていた。

＊

六月ともなれば、夜道も少し暑い。

ＪＳＳ進学塾への道を歩きながら、一色正嗣《まさつぐ》は息をつき、下がりかけたカバンの肩掛け部分をずりあげる。半袖で来ればよかったかもしれない。

頭の中に、先ほどまで部屋で読んでいた他大学の研究者の論文の概要を思い浮かべる。論文全体の分析を伴う再読が必要だと感じていた。

一色の専攻は社会学。その中でも都市《コミユニテイ》における生活レベルの人為的に作られた環境が、そこで生活する住民にどういう影響を与えるかを分析するという、比較的新しい分野である。

たとえば、今日読んだ論文は「ゴミの分別が推進されている地域の住民ほど、親子関係が希薄である」ということを論じようとしていた。だが、その論拠があいまいで、かつその執筆者の造語であろうと思われる言葉が多用されており、最後まで読み進めてもまったくわからなかった。論文といえど人の創作物なので、その論証の明確性は執筆者の個性にかなり左右される。

一色はつい数分前まで、自宅の部屋で、こういった論文に頭を悩ませていた。

机の上にうずたかく積まれた、灰色の資料の束。

とにかく気分転換をと、一色は資料の横に置いてあった三つの金属製のカップと、スポンジ製のボールを取り、「カップ・アンド・ボールズ」を始めた。

マジックは、中学生の頃からの一色の趣味である。アルバイト先のＪＳＳ進学塾の授業でも披露することがあり、生徒たちの心をつかむのに役立っている。観客がいないところでも、こうして一連の動きをなぞることで、頭の中が整理されることがあるのだ。

金属のカップを三つ並べて伏せ、入れ替える。すると、右端に入れてあったはずのボールが消え、中央のカップの中に移動している、ように見える。

鮮やかにできたが、頭の中は整理されない。

自分の修士論文の研究対象地域をどこにするかが、ここ数週間の悩みの種だ。当初予定した通り香川・愛媛の足となっている予讃《よさん》線地域にしてもいいのだが、関東から足を伸ばすには距離があり、費用もばかにならない。近場でできる研究を考えてみても、いまいち、自分のやりたいことと合致しない。教授にアドバイスを請うても、もともと自由放任主義だけあって納得のいく答えはもらえないのだ。

将来に対する不安もあった。

研究をするのは好きだ。

だが修論を提出して、そのあとはどうするのか。博士課程に進むという道もある。だがその先は……果たして、自分が研究者になれるのだろうか。

不安を心の中でこねくり回しながらも、自分でも不思議なくらいに手は器用に動く。かたかたかた。ぱたん。重ねたカップを開くと、三つのボールは一番下に溜まっていた。

そのとき、携帯電話が震えた。

ＪＳＳ進学塾の加賀見塾長からだった。

「はい、一色です」

「一色くん、悪いんだけれど、緊急事態なんだ」

「緊急事態？」

「できれば今から塾に来てくれないか」

おかしい。こんなに緊迫した塾長の声は聞いたことがない。

愛用のトランプ一式をジャケットのポケットに忍ばせると、外に出て歩き出した。先月、ライトが壊れてからというものなんとなく直す機会を逸してしまい、自転車には乗っていない。どうせ塾までは、徒歩で十分から十五分の距離だ。

「あれ、一色さん？」

不意に後ろから声をかけられた。

夜道のアスファルト。カーディガンにタイトなジーンズを合わせた女の子がそこにいた。

「西川か」

西川麻子《まこ》。一色と同じくＪＳＳ進学塾の卒業生だが、年齢は三つ下なので現役中学生の頃の面識はない。一年の浪人を経て大学に合格し、今年からＪＳＳ進学塾で働きはじめたのだ。文系の彼女は中一の社会と国語を担当している。「わからないことだらけだろうから、いろいろ教えてあげてね」と加賀見塾長が言うので、一色は彼女にだいたいのカリキュラムや授業の進め方などをアドバイスしてきた。共に社会を教えている身なので、話が合う。

「一色さん、今日は授業、ないですよね？」

「ああ」

「やっぱり、塾長に呼ばれたんですか？」

「そうだ。西川もか」

彼女には、なんとなく気取った言葉遣いになってしまう。

端的に言って、美人だからだ。眉毛はやや太いが、はっきりした二重《ふたえ》まぶたに、長いまつ毛。垢《あか》抜《ぬ》けたストレートの茶髪。

彼女は、この見た目からは想像できないほど、地理の知識が豊富なのだ。それは大学の講義で聞くような人文地理とは違う、かといって自然地理とも違う、世界の国名と首都名・国旗など、本当に小中学生が片っ端から頭の中に詰め込んでいくような知識なのである。記憶力がいいだけかと思ったが、それも違う。彼女は、心の底から地理が好きなのだ。

「私、この時間はいつも、もうお風呂に入っちゃったあとなんですよー。でも今日はたまたまサークルのミーティングがあったんで、帰るのが遅くて。お風呂入っちゃったあともう一度外に出るなんてありえないですよね」

西川は一色に会って安心したのか、とめどなくしゃべり始めた。一色自身が寡黙《かもく》な分、他愛もないことでもこうやって自分から多く話してくれるところは嫌いではない。

「そう言えば、中三の生徒たちから見せてもらいましたよ、一色さんの作った『年号語呂合わせテキスト』」

「ああ」

一色のＪＳＳ進学塾での担当科目は中三の社会だ。公立高校の入試でよく問われる歴史的事象の並べ替え問題は毎年苦手とする生徒が多いので、二年前に奮起して、出題頻度の高い歴史的事象の年号の語呂合わせフレーズを作り、簡単な自筆のイラスト入りで冊子にまとめた。これが、思いのほか人気を博し、塾長の評価も高かったので、その年の後半から全学年に配られるようになった。

「私のお気に入りはあれです。『ビ《1》ー《8》バ《5》ー《1》恋する、洪秀全《こうしゅうぜん》』」

１８５１年、「太平天国の乱」。洪秀全の脇で目をハートにしているビーバーのイラストが描かれている。

「あと、『イ《1》チゴ《5》涙《73》目、室町幕府』」

１５７３年、「室町幕府の滅亡」。添えられているイラストは、織田信長に追放される足利義昭の横で、涙を流しているイチゴであった。

「あれ、絵まで全部、一色さんが描いてるんですよね？」

1517
239
1787
118
1573
1851
1841

「ああ」

「意外です。一色さんがあんな絵が描けるなんて。マンガとか、描いてたんですか？」

「いや。絵はどっちかっていうと苦手だ」

「そうなんですか。可愛いイラストなのに。きっと一色さんのそういうギャップが、生徒たちに人気がある理由なんでしょうね」

なかなか照れくさい。

目の前に、ＪＳＳ進学塾の灯りが見えてきた。

引き戸を開けて、中に入る。受付には誰もいない。主婦である野村さんはもう帰宅している時間だ。

生徒たちの授業は、演習などによる延長がなければ九時半に終わる。あと十分ほどだった。

「こんばんは」

西川と連れ立ってスタッフルームに入ると、塾長が一人、自分の席に座っていた。

「ああ、こんばんは。急に来てもらって悪かったね」

パソコンから顔をこちらに向け、挨拶を返す塾長。やはりいつもと調子が違う。

「一緒だったの」

「はい。そこで会ったんです」

「何かあったんですか？」

「ああ……」

「言ってくださいよ」

西川が不思議そうな声を出す。

「詳しくは、生徒が完全に帰ってから、みんなに相談したいんだけれどね……」

そして加賀見塾長は、こう言葉を継いだ。

「うちの生徒が、どうやら誘拐されたらしいんだ」

＊

ありえない！　ありえない！

何、誘拐って……？　どうして私たちがこんな作業、しなきゃいけないの？

西川麻子はマグカップに入れたお茶を一気に飲むと、白鳥教育堂出版の「国語練成テキスト・中一」の百二十二ページを開く。「論説文」の学習単元だ。この文章の十七行目、四文字目……。指で辿《たど》っていくと、「玉石混交」の『玉』に当たった。

「それにしても、ふざけた脅迫状ですね。これ、脅迫状って呼んでもいいもんですか？」

タクローがへらへら笑いながら京文社の「ワーク理科・中一」のページをめくっている。みんなで一生懸命文字を拾っているときに、こいつ、なんでこんなに緊張感なくいられるんだろう？

「ちょっとタクロー、まじめにやって！」

「やってるよ」

肩をすくめる彼は、地理のビジュアル参考書に載っているペルーのポンチョの少年のように浅黒い肌の顔をしている。

タクローは中学の頃の同級生だ。学校でも塾でも、三年間同じクラスだった。麻子は文系、タクローは理系。好きな科目は違うけれど、何となくライバル関係のようになって、模擬テストのたびに合計得点を競い合ったりした。卒業して、高校の三年間と浪人の一年間、まったく会わなかったのだけれど、今年はれて大学生になり、同時にバイトをさせてくださいとお願いしに来たそのときに、偶然再会した。タクローは中学の頃とまったく変わらないずんぐりした体形に天然パーマ。相変わらずサッカーにテニスにと、スポーツバカな生活を送っているみたいだ。

……って、今はそんなことを考えている場合じゃない。テキストの中から文字を拾って、誘拐犯からのメッセージを完成させなきゃいけないのだから。

「終わったーッ！」

両手を上げて笑っているのは、織田楓さん。

現役合格した大学一年生だから、年齢は一つ下。しゃべり方はほわほわしているし、いつも頭の上に大きなリボンをつけていて、麻子とはタイプが全然違う。フシギちゃんなのだけれど、空間認識や数量把握に関しては天性のセンスを持っていて、数学の図形問題においてはＪＳＳ進学塾の三十年の歴史の中でもっとも優秀な生徒だったと塾長が言っていた。

「俺も終わったぞ」

今度は一色さんがクールに言って、足を組み始める。ポケットからトランプ一式を取り出すと、シャッシャッと切り始めた。一色さんの趣味はマジックだ。何もない手持ち無沙汰なときにはこうしてトランプやコインを弄《もてあそ》ぶ癖がある。初めは「何その特技？」と思っていたけれど、慣れてくるとなんだかカッコいい気もしてくるから不思議だ。四月から、授業のことや教材のこともたくさん教えてくれたし。それに、ずっと周囲から「そんなの知ってて、何になるの?」と言われ続けてきた麻子の世界地理の知識も素直に「すごいな」と認めてくれる。「アンティグア・バーブーダの首都、知ってるか?」なんて問題を出してくれたりもする。もちろんセントジョンズ。カリブ海の島国は得意中の得意。

「一色さん、手伝ってもらってもいいですか?」

恐る恐る依頼すると、「おう」と一色さんはトランプをしまって、何冊かドリルを持っていってくれた。やっぱり頼りになる。……正直に言うと、最近、一色さんのこと「いいな」と思い始めている自分がいる。なんてったって、大学で入った国際交流のサークルのハンサムな先輩はみんな、彼女がいるもんで……って、いいんだ今はそんな話は。生徒、しかも小学生の女の子が一人、誘拐されたのだから。

集中しなければいけないのは、棚から引っ張り出されてきた大量のテキストの中から、文字を拾っていく作業。

なぜこんなことをしているかというと「誘拐犯」からの指示があったからだった。それも、タクローの言うように、かなりふざけているといえる形での。

一色さんと連れ立ってJSS進学塾のスタッフルームに着いたのは午後九時二十分頃。その後九時半になって中二・中三の授業は終了し、生徒が続々帰り始めた。

やがて生徒を全員送り出すと、月谷さん、タクロー、織田さんの三人がスタッフルームに戻ってきた。加賀見塾長は五人の学生講師を呼び寄せ、パソコンの画面を見せた。

そこには、こういうメッセージが表示されていた。

「差出人　hanninn@extra.co.jp
タイトル　誘拐のお知らせ2

ＪＳＳ進学塾　塾長様
まず、ＪＳＳ進学塾の学生講師を五人全員集めること。
以下のサイトにアクセスし、
パスワード『yuukai.j』を入力して
身代金と受け渡し場所に関しての
情報を得ること。
なお、その情報を得た時点で、
山下愛子の家族に連絡を取ってもよい。
ただし、くれぐれも警察には言わないこと。
もし警察に連絡した場合は
山下愛子の命はない。」

そしてその下にＵＲＬが書かれており、画像ファイルが一つ添付されていた。

「愛子ちゃん……」

月谷さんが、珍しく感情のこもった声でつぶやく。塾長の顔は蒼白だった。

山下愛子ちゃんが灰色のソファーの上に目をつぶって横たわっている画像だった。縛られたり、けがを負わされたりということはないみたいだけれど、何者かにさらわれたのは確実だ。群馬の誘拐事件のニュース映像が、麻子の頭の中をよぎる。

塾長は記されていたURLをクリックする。現れたサイトは非公開の動画サイトで、パスワード入力欄があった。『yuukai.j』を入力すると、画面が切り替わった。

動画ツールが作動し始め、青いショートカットにセーラー服でアコーディオンを抱えた、やたら目のキラキラした二頭身のアニメの女の子が現れたのだ。

「あ、ナゴミちゃん」

織田さんが頭上のリボンをいじりながらつぶやいた。

戸惑っていると、いきなり音楽が流れ始め、アニメ少女は歌い出した。

「あー、山下愛子ちゃんの、いーのちはー
JSSの、五人の講師に、かかっているー」

「な、なんですか、これ……?」

麻子はこういうネット上の文化には詳しくない。横で一色さんが解説してくれた。

「ボーカロイドっていうやつだな」

「はい。琴風《ことかぜ》ナゴミちゃん」と織田さん。

メロディーと歌詞を入力すると、あたかも女の子が歌っているかのような歌声が合成できる技術なんだそうだ。

「ええ、これ、コンピュータの歌声なんですか?」

「ちょっと黙ってろよ。重要な歌が聞こえないだろう」

タクローがたしなめてくる。なんだよこいつ。
「JSSの講師たちよー、
いま、立ち上がれー、
日ごろの勉強の成果を、見せるのだー
か弱き少女の、命を救うためー」
JSSの講師といったら、麻子も入っている。なんだか挑戦的な歌だ。
そしてここから、アコーディオン少女の歌は、さらに不可解さを加速させていった。
「京文社ー、ワーク数学・中一、27ページ15行目、6文字目ー
品教社ー、特選歴史・中三、55ページ23行目、28文字目ー」
聞いたことのある言葉。このJSS進学塾スタッフルームの棚にもずらりとそろえられている、学習塾専用のテキスト類の名前だった。
ボーカロイドは五分もの間、その歌を歌っていたかと思うと、
「JSSの講師たちよー、
いま、立ち上がれー、
日ごろの勉強の成果を、見せるのだー
か弱き少女の、命を救うためー」
サビをもう一度歌って、最終的にストップモーションになった。
「なんですか、これえ?」
織田さんが髪の毛をいじりながら首を捻《ひね》る。横で一色さんも不思議そうにしていたけれど、やが

て、「テキストの中の指定された文字をピックアップしていったら、何かのメッセージになっているんじゃないのか」と言い出した。

それで、歌詞の中に出てきたテキストとページ数、行数、何文字目かをメモし、六人で振り分け、棚からテキストを引っ張り出して文字をピックアップする作業が始まった。そろそろ、十五分が経過しようとしている。

「一体、どうしてこんなに回りくどいことをしなきゃならないんだろうな」

タクローがまだ文句をぼやき続けている。ため口を使っているということは、独り言に見せかけて暗に自分に言っているのだと、麻子にはわかった。

「メッセージがあるなら、全部ボーカロイドに歌わせりゃよかったんじゃないのか？」

「時間稼ぎじゃないの？」

「なんでこんな時間稼ぎをする必要があるんだよ、くそ、面倒くせえ」

「なんだか、ゲームを楽しんでいるような感じがするね」

加賀見塾長が言った。

たしかに、ボーカロイドとかいう合成音声を使うことから考えて、犯人はゲームが好きなのかも。

「いずれにせよ」

英語のテキストをめくっている月谷さんが口を挟む。

「メールを送りつけてきたところのその人物は、学習塾業界に詳しい人間であるように思われます」

そのまま関係代名詞を使った文に英訳できそうな言い回し。さすが月谷さん。

「どうしてですか？」

「もしそうでなければ、こんなにたくさんのテキストの名前を知っているはずがありません」

なるほど。

「それどころか、何ページの何行目の何文字目まで指定してくるのだから、この部屋と同じくらいのテキストを見ることができる環境での作業が必要になるはずだ」

一色さんが口添えをした。

「おそらく、同業者」

説得力がある。だけど加賀見塾長は、この意見には否定的だった。

「近隣の塾の人が、こんなことをするとは思えないけどね」

そうこうしているうちに、テキストから拾われた文字は集結された。時刻は十時を少し回ったところだった。


……ありえない。

現れた身代金の金額と、受け渡し方法は、まったく予想外のものだった。

＊

これは、楓が生み出したオリジナルキャラクターだ。授業で配るプリントにも毎回イラストを描いているので、みんなにも浸透してきているはず。

そのべるくまちゃんがなくなくまちゃんと手押し相撲《ずもう》をしているイラストを、コピー機の脇の引き出しから引っ張り出してきた計算用紙に描きながら、楓は一色センセイの様子をちらりと見た。頭を抱えて考え込んでいる。塾長センセイも、タクローセンパイも。

さっき、みんなで拾った文字を並べて出てきた、誘拐犯さんからのメッセージ。

「身代金、五千円」

これだけでもう変。五千円の誘拐事件なんて……。

べるくまちゃん。

出身地……かえで王国。
特　徴……大きなベルを抱えている。ふぁんごーん、と鳴る。
趣　味……一筆描きチェス（かえで王国で流行中の難しいゲーム）。
ソウルフード……鮭。
好きな飲み物……シークヮーサーカルピス。

ほんわかしているように見えて意外と気性が荒い一面もあり、怒ると「出るとこ出るくま!」と叫ぶ。

だけど、もっと変なのはそのあとの要求。

「すべて一円玉で用意し、千円分ずつ布製の巾着《きんちゃく》袋に小分けにし、明日の朝九時、銀杏《いちょう》通りのファミリーレストラン、『K&Lキッチン』に講師五人全員で来い。なお、巾着袋は一人ひとつずつカバンに入れて持ってくること。また、自転車は使わず、徒歩で来ること。先ほどのメールアドレスに、講師全員の携帯電話の番号を送ること。」

五千円分の一円玉！　つまり五千枚だ。

「どうやって用意しろっていうの……？」

そうつぶやく西川センパイを尻目に、楓は思い出していた。たしか、一円玉一枚は1gのはず。五千枚だと重さは5kg。

「一円玉って、何でできてるんでしたっけ？」

理科担当のタクローセンパイに尋ねたら、「アルミニウムだよ」とすぐ答えてくれたので、そばにあった「中一理科」テキストで確認。アルミニウムの密度、1㎤あたり2・7g。

計算用紙を取り出して、（数式は一切書かずに）べるくまちゃんの絵を描きながら、頭の中で五千枚の一円玉がどれくらいの体積になるのかを概算してみた。

こういうちょっとした計算をする想像は、子どもの頃から得意だ。

1㎤あたり2・7gのアルミニウムが1g分っていうことは、一円玉一つの体積は逆算して、約0・37㎤。これが五千枚だから約1850㎤。どれくらいの大きさになるかっていうと……、

「12^3が1728だから、一辺が12㎝の立方体よりちょっと大きいくらいですかね」

楓に向けられた、みんなの視線。

……あゎ。また、やっちゃった。

楓はこうやって、計算だけを頭の中でなんとなくやってしまって、その計算方法を言わないまま、突然答えを言う癖がある。中学生の頃の数学のテストでも、答えは当たっているのに、式を書かなかったり習った通りの書き方をしなかったりしたせいで減点されたことが何回もあった。きょとんとしているみんなに謝らなきゃ、と思ったけれど、

「ほわぁぁ！」

その前に自分の間違いに気づいて大声を出してしまった。

「それはアルミニウムの塊《かたまり》だった場合だぁ」

「はあ？」

「一円玉は円柱だから、並べたらすき間ができるぅ！」

っていうことは厚さを先に出さなきゃ。

一円玉の直径は２㎝だから半径は１㎝。円周率を３・14として、底面積は３・14㎠。体積でこれを割って、一枚分の厚さは約０・１１７８㎝。百枚でだいたい11・８㎝。この円柱が五十本分。二十五本分二つに分けるといい気がする。一円玉一枚分の直径は２㎝だから五枚並べると10㎝。うん。

「一辺が10㎝の立方体が二つ分、って感じですか」

べるくまちゃんを描く手を止めて、楓がだいたいの体積を両手で形作ると、他の四人は呆れていた。

ふいぃぃ。そのまま天井を見上げ、頭上のリボンをつかんで息を大きく吸い込む。楓オリジナルの、心の整え方。

「はい。はい。本当のことなんです」

塾長センセイは、山下愛子ちゃんの家に電話をかけていた。

「至急、よろしくお願いします」

横で聞いているだけで、家に山下愛子ちゃんがいないことがわかった。……ご家族の人、こんなに遅くまで小学生の女の子が帰ってこないのに、心配しなかったのかなあ？

「山下愛子ちゃんのお母さんが、今から見えるそうだ」

受話器を置くと、塾長センセイが疲れ切った顔で楓たち五人の顔を見回した。

「どうして、こんな時間になるまで心配しなかったんですか？」

一色センセイが、楓と同じ疑問をぶつけた。一色センセイは楓が中三の頃からＪＳＳ進学塾に勤めている。その頃から楓はひそかに一色センセイを尊敬していたから、同じ疑問を自分が持てたことを誇らしく思った。

「それがね、私も今、電話で少し聞いただけだから詳しくは言えないが、山下さんのお宅には、ちょっと複雑な事情があるらしいんだ」

「事情？」

「ああ……」

言いにくそうな塾長センセイ。

「お父さんが、大阪の支社に去年から転勤になって単身赴任しているのだが……事実上、離婚状態にあるようなんだ」

ほわぁ、そりゃ、聞きにくいですね。

「まあとにかく、お母さんが見えてから事情は聞くとしよう」

なんだか入り組んできた。楓はお気に入りのリボンをいじりながら、もうついていけなそうになっている。でも、がんばらなきゃ。

「塾長、警察には連絡しないんすね？」

タクローセンパイが聞いた。

「塾の一存では決められないよ」

うん。群馬と北海道の事件みたいになったら、怖いもん。

楓の担当している木曜日の小学算数の授業に、山下愛子ちゃんも通っている。五月の半ばに、学校の「農山村留学」で一度欠席した以外は、遅刻も休みもない、大人しくて真面目な子だ。計算間違いもないし、文章題の飲み込みも早い。図形はちょっと苦手かもしれないけれど。あの子が今頃、ひょっとしたら怖い思いをしているんじゃないかと思うと、胸が苦しくなった。

「同業者っていうのは、もはや間違いないんじゃないすか？」

また、タクローセンパイだ。

「だって、これだけの学習塾専用の参考書の中から字を拾わせるなんて……ねえ、塾長」

塾長センセイが言うには、このスタッフルームの棚に並べられている百数十冊のテキスト類はすべて、参考書を作っている会社から毎年送られてくる「審査用見本」なんだそうだ。全部に目を通すことは到底不可能だけれど、捨てるのはもったいないし、作問などの参考にもなるので全部取っておいてあるんだって。

そして、これが一番大事なことだけれど、これらの参考書は、生徒が解答を独自に手に入れることができないように、一般の書店とかオンライン書店じゃ買うことができない。当然、参考書を作っている各社も、お互いの参考書をこれだけそろえるのは難しいはず。

ってことは、同じく「審査用見本」が大量に送られてくる近隣の塾関係者じゃなきゃ、あの犯行声明は無理でしょって結論だった。ふーん。

「しかしそれにしても、この塾が恨みを買うようなことがありますかね、塾長」

一色センセイは首を捻っている。

「いや……思い当たらないが」

「そうでしょう。それに、五千円分の一円玉を用意せよなんていうのは、ふざけすぎじゃないですか」

「私は、そこが、逆に塾っぽいと思いますけど」

今度は西川センパイだった。

「私たちＪＳＳ進学塾の講師たちが、一晩かけて、一生懸命五千円分の一円玉を集めるのをニヤニヤしてどこかで見ているとか」

「どれだけ陰険なんだよ、お前のイメージの中の『近隣の塾』は」

タクローセンパイの苦笑い。

「まあ、はっきりした証拠もなく他の塾を疑うのはよくない」

塾長センセイがまとめた。うん、そうだ。

ほわぁぁ。なんだか、疲れてきた。もう十一時になりそう。

早く、山下愛子ちゃんのお母さん、来ないかなあ。

楓は両手を思い切り突き上げて、伸びをした。

そのとき、

「あっ」

タクローセンパイが声を上げた。

「どうしたのよ、タクロー？」

「ひょっとしたら犯人、あいつじゃないか？」

「あいつ？」

誰のことだろう？

業間1.

「これ、明らかに同じ大きさに見えるから33°って書いたんだ」

「あのね、こういう問題はね、分度器で測って答えを出せないように、わざと実際の角度や比とはずらして図を描くの」

「なんだよそれ、ずるいな」

「そうしなきゃ意味ないでしょ。いい？　弧の長さの比が、そのまま円周角の大きさの比になるっていうのはわかる？」

「ん？」

「xのところは、弧ＣＤの円周角でしょ？」

「ああ、それはわかる」

「で、ABはCDの4倍だから、ABの円周角はxの4倍になるの」

「ABの円周角？　∠ACBのこと？」

「そっちじゃない」

「じゃあ……∠ADBか。ここが$4x$」

「うん。書いた？」

「書いた」

「そしたら次は、三角形DBEに注目して」

「この三角形が何？」

「内角と外角の関係は知ってるよね？」

「うん。……あ、ああそうか。xと33°を足したら、$4x$になるってことか」

「そう。方程式を作って」

「$x+33=4x$。えっと、$-3x=-33$になるから、xは11°、なるほどな」

「わかった？」

「ああ、ありがとう。でもやっぱり、難しいな、数学って」

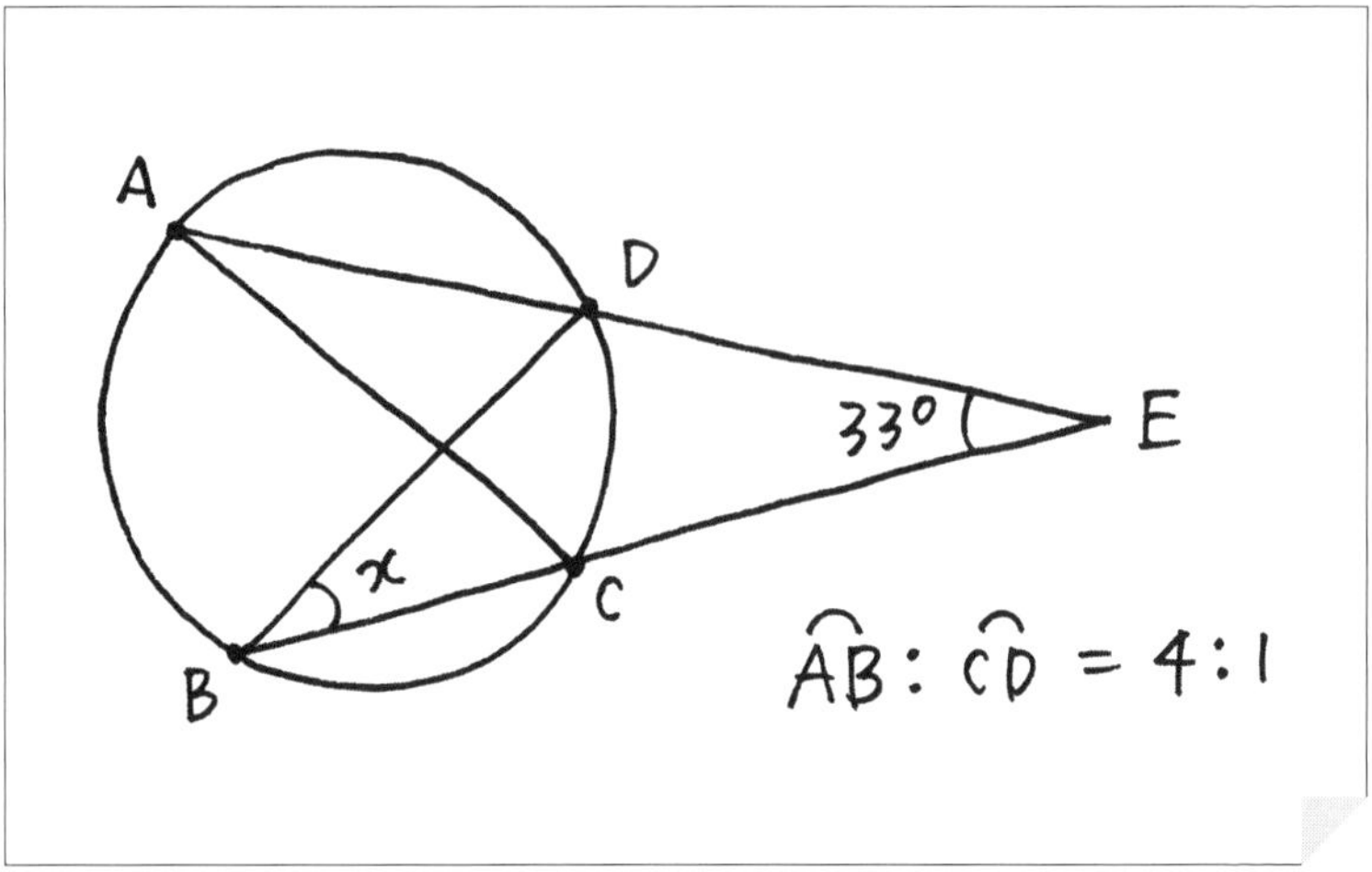

「大丈夫。理科、あんなにできるんだからそのうち数学も得意になるって」

「理科っていっても、生物だけだけど」

「……やめないよね？」

「え？　……ああ」

「ねえ」

「ん？」

「ちゃんと言った？」

「何が？」

「あの二人のこと」

「別に、いいんだ」

「よくないよ。ちゃんと言ったほうがいいって。自分のためでしょ」

「……切るよ」

「ねえ、ちょっと！」

「なんだよ」

「数学の問題教えてあげたお返しに、私のこと、助けてくれない？」

「え？」

「助けてほしいんだ、私のこと」

2
限目

金曜の夜と土曜の朝

「塾長、大丈夫ですか？」

浜崎《はまさき》先生が心配そうに尋ねてくれた。

塾講師専門の人材派遣会社からやってきて二年になる彼は、今年三十歳。現在は大学院の博士課程に籍を置いているが、来年度から北海道の食品会社で添加物の研究員として働くことが決まっている。時に冷たく感じられるほど淡々とした性格だが、今日ばかりは心配してくれているようだった。

「顔色、悪いですよ」

もう一人の派遣講師、小峰《こみね》先生も言った。

こちらは四十代半ば。土曜は午前十時には来て教材の整理などをし、十一時からは補習や休んだ授業の補講のためにやってくる生徒たちの面倒を見てくれている。いつも背広姿だが、なぜか腰にウェストポーチを装着しており、何が入っているかは謎である。

「大丈夫です、心配をかけて申し訳ない」

とはいえ、もちろん心中は穏やかではない。

塾の生徒が誘拐されるなどという前代未聞の出来事が起きてから、一夜が明けた。昨夜の、山下愛子ちゃんの母親である美由紀《みゆき》さんの、信じられない態度には驚かされた。こうなった以上、とにかく私たちの手で愛子ちゃんを助けてあげなければ。

昨夜は結局、受け渡しのことを話し合うのに時間がかかり、五人の学生講師たちを家に帰すのが一時を過ぎてしまった。加賀見自身も自転車で三十分ほどの距離にある自宅に帰り、床に就いたが、ほとんど眠れずに朝を迎えた。テレビをつけると群馬の誘拐事件のことが報道されており、いっそう不安を煽《あお》られた。

警察に頼るという選択肢が頭をよぎらなかったわけではない。だが、脅迫メールには「警察に連絡した場合は山下愛子の命はない」と書かれていた。もともと加賀見は警察があまり好きではない。それに昨夜の話し合いで、誘拐犯の正体が去年この塾で講師のアルバイトをしていた上高田《かみたかだ》くんである可能性が浮上してきていた。これは一色くんや本庄くんが言い出したことであり、いまだ憶測の域は出ない。本当に彼がそんなことをするだろうか？　いや、本物の誘拐事件であるよりは、やっぱりイタズラであってほしい。

もしそうだったら、なおさら警察に言って大ごとにするわけにはいかない。

自分が小心者であることを、加賀見は自覚していた。普段塾生たちの前で厳しく振る舞っているのも、実はその反動でもある。こうした予測不能な事態の対応が苦手なのだ。……誘拐事件の対応が得意な人間など、いるわけもないが。

とにかく、朝のうちに一円玉五千枚のめどはついた。

急に塾を休みにしたら、生徒たちも保護者も不審がるに違いない。

授業は午後一時からであるし、二人の派遣講師もいることだし、受け渡しに時間がかかって彼らが来られなくても授業はかろうじて成立する。事を荒立てないためにも、普段通りの授業をするのが最善だ。

五人の講師はうまくやってくれるだろうか？　信じるしかない。

――任せておいてください。

一色くんの顔が目に浮かんだ。普段は寡黙だが、こういう時には頼りになる。

思えば彼は中学生の頃からリーダー的な存在で、責任感が強かった。課題を忘れたことは一度もないし、授業中に誰かの具合が悪くなったときは、代わりに担当講師に申し出てあげたりもしていた。当時の学生講師たちも彼のそんなところを高く評価していたことを思い出す。

大学生になって講師として働きはじめてもその力は存分に発揮された。彼が作ったオリジナルの『年号語呂合わせテキスト』は意外なユーモア性が生徒たちに人気だし、それゆえ保護者の信頼も厚い。新人の西川さんの教育係としての働きもいい。

彼に頼り切るのは申し訳ない気がするが、指示を誤ると、山下愛子ちゃんの命が危ないかもしれない。

「すみません」

そのとき、スタッフルームのドアから、一人の生徒が顔を覗かせた。色白の、細い顔。田畑秀志くんだった。

「田畑くん、どうしたの？」

「先週休んだ分の、数学の補講に来ました」

「ああ、そうか……」

加賀見は立ち上がり、棚のところに置いてあったクリアファイルの中から「中三・田畑」と書かれたプリントを取り出して、彼に渡す。

「じゃあ、1号室、使って」

土曜日の授業は一時から中一・中二。四時からが中三である。午前中から授業が始まる一時までの間は、補習やその週休んだ生徒の補講が行われる。補講は基本的に、授業の内容のプリントやテキストの当該箇所を自習させるものであり、特別に解説がいるときは、小峰先生か浜崎先生がついていてくれることもある。

「はい」

「電気は、勝手につけていいから」

田畑くんは安心したようにうなずくと、廊下の奥の1号室に向かっていった。

その痩《や》せた後ろ姿を見ながら、加賀見はもう一つの心配事を思い出した。

田畑秀志くんが同じクラスの男子二人からいじめられているということである。もちろん加賀見は毅然《きぜん》としてその男子を問い詰めたのだが、二人とも知らんぷりをした。塾内のいじめは、今までも数度あった。いじめをする生徒たちは大人たちの見ていないところで行う。もし現場を押さえても「遊んでいるだけです」と言われればそれまでだ。

やっかいなのは、田畑くん本人に個人的に聞いても、一貫していじめは受けていないと答えることだった。SOSが出されないのでは対応しようがない。講師たちにも通達はしたものの、みんな授業中に彼がいじめを受けているような感じはないという。

折しも、田畑くんのお母さんからは成績のことについて長々しいメールが来ている状況だ。この上田畑くんが塾内でいじめに遭っていることが発覚すれば、塾の管理体制についてあちこちで悪く言われるかもしれない。

地域に密接に結び付いた塾としては、評判が落ちるのはどうしても避けたいのだ。

実は、愛子ちゃんの事件を警察沙汰にしたくない理由としてはこれも大きかった。ＪＳＳ進学塾では、あまり学習効果の上がらない生徒を時には夜の十一時まで残し、課題をやらせることがある。それで深夜パトロールの警察官に注意されたことが何度もあるのだ。普段から警察に目をつけられている上、生徒が通塾途中に誘拐されたとなれば、安全管理の問題を追及されてもおかしくない。

……なんとか、警察の力を借りずに、無事に愛子ちゃんに帰ってきてほしい。

学習塾の経営は常《つね》に、悩みと隣り合わせなのである。

＊

近衛美郷《このえみさと》の住むマンション、「ディアナコート15」への道を歩きながら、一色正嗣は右手の上で百円玉を動かしていた。指の間を滑《すべ》らすように動かすこの技術はマジックに欠かせないものであり、中学二年の頃にマスターしたものだ。

それにしても、昨夜の山下愛子の母親の態度はなんだったのだろう。自分の娘が「誘拐」されたというのに。一色は呆れてしまうというより、その心理状態に興味を持った。

昨夜、山下愛子の母親がＪＳＳ進学塾へやってきたのは十一時過ぎだった。

「このたびは申し訳ありませんでした」

黒いサマーセーターに地味なメイク。一色は違和感を覚えていた。誘拐犯からのメールを読んで、画像ファイルを見たにもかかわらず、彼女があまり悲しみや焦り、あるいは怒りという感情を見せないからだった。どちらかというと、疲労感のようなものがにじんでいた。

彼女の口から、その後、普段の山下家のことについて語られた。

大阪に単身赴任中の山下愛子の父（つまり、彼女にとっての夫）との離婚はもう確実であり、向こうの仕事が落ち着いたら正式に手続きを進めることになっている。離婚後、向こうから送られてくる養育費ではとても一人娘を育てることができないと判断した彼女は、この四月から広告デザインの下請けの会社で働きはじめた。もともとグラフィック関係の資格を持っていた彼女は、勤め先で重要な仕事を任されるようになり、帰りが十時、十一時になることも珍しくなくなった。その間、塾から帰ったあとの愛子は一人で家にいるのが常だという。

「愛子ちゃんは携帯電話を持っていますね」

月谷優子が顔を上げて尋ねた。彼女は計算用紙（コピー機の脇の引き出しに入れられている、コピーし損じた紙や余ってしまったプリント類の裏紙）に何かを書いて事件を整理していたのだ。英文法や国語の文章問題の得意な彼女らしさがにじみ出ていた。

「はい。いつも、七時頃に愛子のほうから電話をかけてきます」

「今日は？」

「そう言えば、かけてきませんでしたね」

ため息をつくように答える母親。

「心配ではなかったのですか」

「ちょっと、急ぎの仕事があったものですから、夢中になってしまって」

「愛子ちゃんの携帯に、かけてみましたか？」

「先ほどかけてみたのですが、電源がオフになっているようです」

ふぅぅぅ……。深い息を吐きながら、織田楓が頭上のピンクリボンをせわしなくいじり出す。

「心配ですねえ、やっぱり、警察に連絡したほうがいいんじゃないですかぁ？」

彼女の間の抜けた発言を機に、月谷は質問を終え、再び計算用紙の上に目を落とした。次に発言をしたのは西川麻子だった。

「だけど、警察に連絡したら愛子ちゃんの命はないって」

そこまで言ってしまってから、彼女はしまったという表情で母親の顔を見た。母親の前で、娘の「命はない」という発言をするべきではなかったと思ったのだろう。

だが、母親は気にしていない。西川の発言自体を聞いていないようだった。

「お母様はどうですか？」

加賀見塾長が尋ねた。

「警察に、連絡したほうがいいでしょうか」

「さあ」

母親は顔を少しだけ傾けた。

「塾にお任せします」

「えっ？」

塾長同様、一色も面食らった。月谷は顔をしかめ、西川は口を半開きにし、織田はリボンをいじる手を止める。保護者を前にして我関せずという態度を決め込んでいた本庄ですら驚いて目を大きくした。

「だって犯人は、みなさんに身代金の受け渡しを要求してきたのでしょう？」

「そ、それはそうですが」

「愛子はこの塾に通い始めてから学校の成績も上がりました。私はみなさんのことを全面的に信用しています。今回のことも、一切をお任せします」

塾に勉強のすべてを一任する親が多いのは知っている。しかし、わが子が誘拐されても「塾に一切を任せる」というスタンスの親がいるなんて。

「でも、今回のことは……」

加賀見塾長は至極常識的なことを言おうとしていた。

「身代金、五千円でしたね」

母親は、それを遮《さえぎ》るように財布を出すと、札入れから五千円札を一枚取り出して机の上に置いた。

「これ、一円玉に両替をして使ってください」

「両替……って」

「申し訳ないのですが、私、明日も早いものですから失礼していいでしょうか？」

「はっ？」

「小さな会社なので、取引先への納品が遅れて信用が失われると大きな痛手になってしまうのです。一応、これ、私の携帯の番号が書いてありますので」

名刺を五千円札の横に置くと、こちらの返事も待たずにさっさと出口のほうへ向かっていく。ＪＳＳ進学塾の面々はその姿を、唖然《あぜん》としたまま見送るだけだった。

離婚問題と仕事の忙しさによってわが子のことにまで頭が回らないのだとしても、子どもが誘拐されたのに仕事に戻るというのは、やっぱり普通ではない。ひょっとしたら、彼女たち母娘《おやこ》の狂言誘拐……？

一夜明け、そんなことをふと考えたが、すぐに思い直した。狂言誘拐をする意味がないし、いくらコンピュータに明るいとは言え、あの母親とボーカロイドの琴風ナゴミが結びつかない。

琴風ナゴミと結びつくのは、上高田倫司《ともし》だ。

それは、去年数か月だけＪＳＳ進学塾で講師のアルバイトをしていた男だった。彼が、アニメイラストの描かれたクリアファイルを使っていたところを見たことがあるのだ。ちらりと見ただけだから自信はないが、ひょっとしたらあれは、琴風ナゴミだったのではないだろうか？

——塾っていう場所は、生徒の成績を伸ばすことを第一義とすべきだと、俺は思いますがね。

三つも年下のくせに、そう食ってかかってきた上高田の銀縁《ぎんぶち》メガネの向こうの細い目を思い出す。

去年の秋ごろに塾を去ったあいつは、果たして自分たち、ひいては今のＪＳＳ進学塾を恨んでいるのだろうか？　そして、今どこで、何をやっているのだろうか？

一色は親指の爪の上にやってきた百円玉をぽーんと高く弾き飛ばし、落ちてきたところをキャッチした。

角を曲がれば、ディアナコート15だ。

＊

赤いボーダーのシャツに、透けニット。そして流行《はや》りのショーパン。やっぱりちょっと時期的に、麦わら帽子は早かったかな。

……そして、誘拐の身代金受け渡しに行くには、不自然な格好かな。

麻子は少し反省しながらディアナコート15を目指していた。

いつも塾に行くときには、曲がりなりにも中学生に勉強を教えにいくわけだから、織田さんみたいに思い切ったおしゃれ（って、あれはやりすぎ！）をするわけでもなく抑え気味にしている。でも今日は、プライベートで一色さんに会う初めての機会だ。もちろん一色さんだけじゃなくて五人の講師全員で行動するんだろうけど、ちょっといつもとは違うファッションをしてもいいんじゃないかと思ったのだった。

罰当たりだとは自分でも思う。結局、山下愛子ちゃんは昨日のうちには帰ってこなかったのだから、これはれっきとした誘拐事件だ。

だけど麻子は、昨日よりはだいぶ楽観的になっていた。

犯人が上高田くんである可能性が出てきたから。

上高田倫司。

ＪＳＳ進学塾における、麻子やタクローの同級生だ。中学時代、成績は常にトップだった。麻子は地理の暗記モノは大得意だったけれど、世界の国の首都名（今でも全部言える）や日本の市町村

（東日本なら自信がある）の名前など、テストに出ないことばかりを覚えるのが好きで、加えて数学や理科の１分野がからっきしダメだったため、上高田くんにはかなわなかった。タクローは、数学はできるものの生来の怠け者ヤローだから、暗記物はテストのたびに一夜漬けしようとして点数が伸びず、両方できる上高田くんの足元にも及ばなかった。

とにかく、上高田くんはその代ではぶっちぎりトップの成績で、たしか全国模試でも十位以内に入っていた。

性格はよくなかった。太めの体型に、ふてぶてしさを感じさせる二重あご。銀縁メガネの向こうから投げかけられる、常に下位の者を見下したような細い目。口を開けば「こんなのもわからないのかよ」……。

彼はレベルの高い東京の私立高校に進み、その後、麻子とタクローが大学受験で全滅したのとは対照的に、現役で国立大学に入学した。そして彼もまた去年、このＪＳＳ進学塾に舞い戻ってきたと聞いていた。

だけど、優秀な生徒が優秀な塾講師とは限らない。

上高田くんは成績下位の生徒たちの心を理解できなかった。授業中に余計な話をしたがる生徒に理解を示そうとせず、頭ごなしに罵倒した。どういう言葉を使ったのか知らないけれど、上高田くんのことだから、生徒たちを見下した、かなりきつい言い方をしたのだと麻子は思っている。当然、彼から見た「低レベルの生徒」からの受けはよくなかったに違いない。

結局、上高田くんはこの塾で働くのは合わなかったようで、半年くらいでバイトをやめたらしい。つまり少しだけ、一色さんや月谷さんと共に働いていた期間がある。

昨夜、メールを送りつけてきた犯人がひょっとしたら上高田くんなんじゃないかという説を初めに言い出したのは、タクローだった。

「上高田くんが、ＪＳＳ進学塾に、恨みを持っているということ？」

「ああ、あいつはこの塾の一部の生徒たちに、かなりの嫌悪感を抱いていたんだろ」

麻子の問いかけに、タクローは鼻で笑いながら返した。中学校時代の成績の恨みがこもっているみたいだった。その気持ちは、わからなくもない。

「まあ、悪ガキたちに免疫がなかったということだろう。中学の頃成績優秀だった人には、よくあることなんだ」

加賀見塾長が言った。優等生で中学生活を過ごしてきた人は、大学生になって塾講師をするとき、「自分が中学生だった頃のような生徒」を想定して授業に臨む。ところが、成績下位のクラスの生徒たちの学力や学習態度はそのイメージからまったくかけ離れているのだ。そのギャップに耐えられずに学習指導に挫折してしまう大学生講師は珍しくないそうだ。……麻子自身は大してそんなことは感じず、成績下位のクラスの子たちのほうがむしろ可愛いと思っているのだけれど。

「しかし、上高田くんを安易に疑うのはよくない」

「塾長、ひとつ思い出したことが」

一色さんだ。

「去年働いていたときに上高田が、アニメの描かれたクリアファイルを使っているのを見たことがあります。ひょっとしたら、ボーカロイドなどにも詳しいんじゃないでしょうか」

そうだったのか。上高田くんが……でも、たしかに優秀な大学の中にこそ、アニメ文化にハマっている人が多いっていうし……。
「でも、彼にはこの塾のテキスト類は手に入らないだろう」
「彼なら、すべてを記憶しているということも考えられなくはないかもしれません」
一色さんの上高田くんへの疑いは濃いようだった。タクローの思いつきに同意するなんて意外だ。これだけのテキスト類のあらゆるページの文字を暗記している……？　いくら上高田くんでもそれは不可能なんじゃない？
麻子がそう思うのと同時に、月谷さんが割り込んだ。
「上高田くんは品教社の特選シリーズを知らないはずです」
彼女はいつの間にかコピーし損じの裏紙（ＪＳＳ進学塾では「計算用紙」と呼ばれている）に、ボーカロイドの少女が歌ったテキストを、全部書き出して整理していた。
〈京文社　ワーク　中一数学、中一国語、中一理科、中二数学、中二歴史、中三英語、中三公民
白鳥教育堂出版　練成テキスト中一国語、中二国語
一国出版　新中学ワーク　中一数学、中一理科、中一地理、中二国語、中三国語
光星堂出版　マスターシリーズ　中一数学、中一英語、中二英語、中三国語、中三英語
立身社　わかる！中一英語、わかる！中二数学、わかる！中三数学（図形）
本郷教育堂　練成テキスト　小六国語、小六算数
品教社　特選国語・中三、特選理科1分野・中三、特選歴史・中三〉
「品教社のシリーズは、今年から使われはじめたものです」
……すごいな、月谷さん。もう、参考書マニアの域じゃないですか。

「じゃあ、上高田が他の塾に勤めているという可能性は？」

一色さんだ。

「品教社のテキストは、他の塾にも行きわたっているだろう」

「それならば、ありえます。私もそう思いました」

月谷さんは重ねていたもう一枚の計算用紙を見せた。

〈城進学院
一刀義塾
光聖アカデミー
芳心ゼミナール
個別指導塾・ジェス
ケンブリッジ英数アカデミー〉

君川近辺にある、思いつく限りの塾だ。

「この中から、いくつかの塾は可能性から除外できます」

月谷さんはオレンジ色のプラスチックフレームのメガネに手をやりながら話を続けている。

「まず第一に、ケンブリッジ英数アカデミーです。なぜなら、この塾は英語と数学を対象としているため、国語、理科、社会のテキストは手に入れることはできないはずだからです」

一色さんが無言でうなずく。他にも、異を唱える者はいなかった。加賀見塾長も、もう何も言わず見守っている。

「第二に、個別指導塾のジェス。この塾は、昨年から小学生を取っていません」

月谷さんはＪＳＳ進学塾でアルバイトを始めて四年目であり、近隣の塾事情については塾長と常日頃情報交換をしているので、詳しいのだった。

「犯人が使用した本郷教育堂の練成テキストは今年改訂された最新版ですから、ジェスにあるとは考えにくいです」

「なるほど」

「第三に、光聖アカデミーです。中学受験を対象としています。ゆえに、テキストには渋谷笹塚の『受験シリーズ』を使用しているはずです。本郷教育堂の練成テキストは、あの塾で使うにはレベルが低いです。言い換えれば、本郷教育堂の練成テキストはレベルが低いので、あの塾で使うことはできません」

おおっ、さりげなく〝too ... for 人 to ~〟と〝so ... that 人 can't ~〟の書き換えだ。

「月谷さん、そんなことまで知ってるんすか？」

「実は、隣に住んでいる女の子が今年中学受験で、光聖アカデミーに通っているので」

月谷さんはタクローに対してそう返した。

「渋谷笹塚の『受験シリーズ』は、うちのような中学受験を対象としていない塾には向かない内容だからね」

加賀見塾長が助言した。

「これらの事情により、怪しい塾は三つに絞られます」

〈城進学院
一刀義塾

芳心ゼミナール〉

「ほわぁぁ、チョー有名ドコロばっかりぃ」

織田さんが嘆息した。

「芳心ゼミナールなんて、電車の中吊り広告、独占してましたよお。なんだっけな。『理科の知識の栄養不足』だっけな」

「ああ、私も見た見た。『地理、43%』とか。意味わかんないし」

麻子も乗っかる。

「一刀義塾もテレビコマーシャル、やってるよね。『シャーペン一本……』なんだっけ?」

「『シャーペン片手に、未来の君へ』」

「そうそう、そのフレーズ」

「いずれにせよ」

あたかも小学生の授業をまとめるときのように声を大きくする、月谷さん。

「この三つの塾の中に犯人がいると考えることが、できると思います。もし上高田くんがJSS進学塾をやめたあと、現在、この三つのどこかに勤めているということになれば、疑いは極めて濃くなると言えるのではないでしょうか」

上高田くんが去年塾をやめたあとのことについては、加賀見塾長も知らなかった。だけど、あの上高田くんが他にバイトを探すなら、やっぱり家庭教師か学習塾だろう。レストランとかコンビニとか居酒屋とかが似合うキャラじゃないのだ。

麻子が昨日より楽観的なのは、もし上高田くんが犯人だとしたら、山下愛子ちゃんの命まで奪うようなことはしないだろうという理由からだ。上高田くんは性格は悪いけれど、残酷なことをするような人じゃない。きっと、「全部一円玉の身代金五千円」を持って私たちが右往左往するのをどこかで見て楽しむつもりなんじゃないだろうか。

こんなファッションで来てみたのはそんな状況を想定してという意味もある。上高田くんに対しての余裕の顕示《けんじ》だ。

目の前の横断歩道を渡れば、ディアナコート15。

エントランスの前に、一色さんと、タクローと、織田さんの姿が見えた。織田さんは手に、大きなヒヨコの描かれたカバンをぶら下げている。なんだろう、あのセンス？　まあいっか。

急いで近寄りたいけど、ちょっと底の厚いミュールを履いてきてしまって、走りにくい。……やっぱりこれ、身代金受け渡しには向かない格好だったな。

＊

近衛美郷さんが学校の友人に誘われてJSS進学塾に入塾してきたのは、彼女が中学二年生のとき、すなわち一年前だ。当時月谷は大学三年生であり、アルバイト講師三年目だった。

近衛さんは授業態度が真面目であり、一度授業で学習したことは忘れないほど明晰《めいせき》だ。

月谷は、「相当の復習をしているのでしょう」と尋ねたことがあるのだが、「課題をきちんとやっているだけです」と彼女は答えた。彼女は勤勉なのだ。月谷は彼女のことを気に入っていた。近衛さんから個人的な質問を受けるために、携帯電話の番号も交換している。

その近衛さんが、小学校六年生のとき、夏休みの宿題の工作として、一円玉硬貨で「姫路城」を作って提出したことを、月谷は知っていた。知っていたというよりはむしろ、思い出したと言ったほうが正確だ。たまたま二年生の夏期講習での雑談のとき、近衛さん自身が語っていた。

昨夜、月谷は「五千枚の一円玉」の当てとして、それを塾長に進言した。すでに夜も遅かったので、朝一番で塾長が近衛さんに電話して聞いてみてくれる手はずになった。

そして一同は解散した。

月谷が家に着いたのは一時を過ぎていた。

電話がかかってきたので少しだけ話をして、月谷は眠った。

朝の七時過ぎ、月谷の携帯電話に塾長から連絡があった。近衛さんは事情を聞かずに、五千円を「五千枚の一円玉」に両替すると言ってくれたという。どれくらいの量なのか（織田さんの概算はあったにせよ）見当がつかないので、五人全員で連絡を取り合い、待ち合わせして受け取りに行ってほしいと塾長は言った。

「なんだか、すごく量、あるんですけど、大丈夫ですか？」

五人で出向くと、ディアナコート15の7階の部屋で、近衛さんが出迎えてくれた。

「うん、大丈夫大丈夫」

玄関には、近衛さんのものと思われるところの茶色い靴と、水色のスニーカーだけが並んでいる。

大人用の靴がない。

「おうちの人はいないの？」

一色さんが尋ねると、近衛さんはうなずいた。

「実は長野のおばさんが入院しちゃって、昨日から泊まりでお見舞いに行ってるんですよ」

「一人で留守を任されてるのか」

一色さんに続き、西川さん、本庄くん、織田さんが上がる。

「私が靴をそろえますから、みんな、上がってください」

「あっ、すみません、月谷さん」

最後になった月谷は框《かまち》に上がり、全員の靴をそろえた。五人分を横に並べるスペースがない。月谷は、茶色い靴の中に手を入れて脇へ移動させ、水色のスニーカーは靴箱の下に押し込めた。

廊下の壁には三つもドアがついていた。部屋数が多い。五人は突き当たりの広いダイニングキッチンに通された。ベランダへ通じるガラス窓が大きく、採光性に優れている。五個の大きなガラス瓶が、部屋の中央の茶色いテーブルの上に並べられていた。ガラス瓶の中には大量の小銭が入れられていた。

「よくこれだけの小銭、あるね」

本庄くんは言った。

「お祖母《ばあ》ちゃん、小銭集めるの、趣味だったんだ」

恥ずかしそうに笑いながら、近衛さんは答えた。彼女は、一色さんと月谷には敬語を使うが、今年から講師を始めた本庄くん、西川さん、織田さんの三人には砕けた口調を使う。

「お祖母ちゃんのお父さん、私にとってのひいお祖父《じい》ちゃんが造幣局に勤めてたから、お金そのものに愛着があったんだって」

「へぇー、造幣局に」

本庄くんが感心する。織田さんは、ガラス瓶の中から一円玉だけを取り出し、百枚ずつの塊にして数えているところだ。

「お祖母ちゃんが亡くなったときに処分しようかって話になったんだけど、なかなかできなくて……でも、もう大丈夫。お母さんも、いくらでも持っていっていいって言ってたし」

可愛い笑顔だ。私もこんな中学生だったらなあ。

「これ、五千円」

一色さんが、加賀見塾長から預かってきた五千円札をテーブルの上に置く。

「あ、はい。……ところで一色先生」

「ん？」

「何に使うのか、聞いちゃダメですか？」

一色さんは戸惑ったように見えた。織田さんも一円玉を数える手を止めて、様子を見ている。

「だって、塾の先生が五人もうちに来て、五千円札をぜんぶ一円玉に両替してほしいなんて」

「変だよね」

本庄くんが相槌《あいづち》を打つ。一同は、暗黙のうちに、一色さんにゆだねた。

「……ごめんな、近衛。ちょっと言えないんだ」

「そうですか」

一色さんは、女子生徒たちに人気がある。ひょっとしたら近衛さんも、恋心と言わないまでも、一色さんに好意を寄せているのかもしれない。自分らしくない分析をしてしまったと、月谷は反省した。

「いいです。大丈夫です」

近衛さんはそう言いながらも、残念そうに目を伏せた。

＊

銀杏通りのファミリーレストラン、K＆Lキッチンは思ったより空《す》いている。土曜といっても、午前中は客が少ないのか。

拓郎はすでに、ドリンクバーのメロンソーダを二杯飲んでいた。肝心の受け渡しの時にトイレに行きたくならないように、あんまり飲まないほうがいいだろうな。

「予讃線沿いに居住している女性は、結婚が早い」

アイスティーに浮いている氷をストローで突きながら、一色さんが言う。現在手掛けようとしている修士論文のテーマなんだそうだ。

一色さんは社会、特に歴史が得意で、自分で作った『年号語呂合わせテキスト』は生徒たちに人気だ。だから一色さんの専攻は歴史関係のものだと漠然と思っていたけれど、改めて聞いたら全然違うらしい。社会学の一分野で、フィールドワークを必要とする……理系学部の自分は一生関わらない学問だ。そもそも学問と言えるのかどうかすら怪しいと拓郎は思う。

「よさんせん？」

「伊予《いよ》の『予』と、讃岐《さぬき》の『讃』。つまり、愛媛県と香川県を結ぶＪＲの路線だよ」

聞き返すと、一色さんより早く、西川が補足説明した。世界地理が得意なのは知っているが、日本の鉄道のことにも詳しいのか、コイツ。

「そう、さすがよく知ってるな、西川」

「その予讃線の沿線に住んでいる女性は、結婚が早い、というのが一色さんの仮説なのですね？」

コーヒーカップの中をスプーンでかき回しながら、月谷さんが尋ねる。

「そうなんだ」

「一体、どういう論拠なのですか？」

「予讃線の駅では、発車ベルの代わりに、『瀬戸の花嫁』のメロディーが流されるんだ」

聞いたら、『瀬戸の花嫁』っていうのは、小柳ルミ子っていう歌手の歌だそうで、瀬戸内海の小島に船で嫁いでいく（一体、いつの時代の話だ）女性の心情を歌ったものだそうだ。予讃線を通学に利用する地域の女子高校生たちは、日々、発車ベル代わりのこの音楽を聴いており、知らず知らずのうちに自分が嫁いでいく姿を思い浮かべるため、結婚が早くなるのだというのが一色さんの立てた仮説だった。

「ほわぁぁ、面白いかも」

イチゴジュースを入れたグラスを両手で覆いながらずっと話を聞いていた織田が、目を丸くしながら感想を漏らした。だが、拓郎は納得しない。

「仮に、予讃線沿いの女性がたしかに結婚が早いっていうデータが手に入ったとしても、それがその『瀬戸の花嫁』っていう歌に関係するって、即、結論付けていいもんですか？」

「そこのところには、俺自身も不安がある。だが、その地域で日常的に流されている音楽が、住民にどういう影響を与えるかというのは、誰も手を付けていないテーマだと俺は思うんだ。その嚆矢《こうし》となることはできると思う」

淀みなく返ってくる。やっぱり、大学院生ともなると考えることが違う。一色さんはそのまま大学に残って学者を目指すのだろうか？

「どうしても予讃線でやりたいのですか？」

月谷さんがメガネに手をやった。

「四国まで行くのにはお金もかかるし、予算的にきついのでは？」

一瞬の沈黙。

そして、織田がキャッキャと笑い出した。

「ダジャレっすか、月谷さん？」

拓郎は驚いて聞いてしまった。そこで月谷さんは、「予讃」と「予算」がダジャレになってしまっていることに気づいたらしかった。

「あ、いや。違います。本当に、四国は遠いし……」

顔が真っ赤だ。織田は「ちょー面白い」と、まだ笑っていた。

「そうですよ一色さん。たとえば山手線《やまのて》の高田馬場《たかだのばば》駅はどうですか？」

織田を遮るように、一色さんの顔を覗きこんだのは西川だ。この間から気になっているが、西川は何かと一色さんに気に入られようとしている雰囲気がある。思い過ごしだろうか？

「高田馬場？」

「はい。高田馬場の発車音楽は『鉄腕アトム』です。あそこを通学に利用している小学生は、心優しい科学者になる傾向が強い、っていう可能性は？」

「ラララ、が抜けてますよぉ」

織田から飛んできた予想外のツッコミに、西川が明らかにムッとしたのが見て取れた。何か気の利いたフォローでもしてやろうかと思ったけれど、

「面白いんだけどね、西川」

その前に一色さんが話を元に戻してしまう。

「東京は日本各地から人が集まってくるために、地域的特性がない。もっと地方を対象にしたいんだ」

「そうですか、ごめんなさい」

俯《うつむ》いたその横顔が、なんとも滑稽《こっけい》だ。

織田が、飲み干したグラスを持って立ち上がった。

「ちょっと、ドリンクバー、いってきまぁす」

ひょこひょこと、ドリンクバーのコーナーへ歩いていく後ろ姿。もう六月なのに、なんて大きくて目立つブーツを履いているのだ。持ち歩いている黄色いカバンにはマヌケそうなヒヨコの絵がデカデカと描かれているし。身代金の受け渡しとは思えない。……それは西川も同じだ。こんなにめかしこんで、おまけに麦わら帽子まで被ってきて。……まあたしかに、似合ってるのは認めてやってもいい。

何考えてるんだ、俺。

拓郎は少し恥ずかしくなって西川から目を逸《そ》らし、通りに目をやった。

ひょっとしたら、「犯人」のやつ、俺たちがここにいるのをどこかで見ているんじゃないか？

一体、いつになったら連絡を入れてくるのだろう？　ちなみに、昨日のうちに指示があった通り、五人の携帯電話の番号はすでにメールで送信済みだ。

先ほどから他愛ない話をしているのは、カモフラージュのため。周りで誰が聞いているかもわからないし、山下愛子や上高田の話は避けている。それで、一色さんの修論のテーマの話になったのだ。近衛美郷に両替してもらった一円玉は指示通り千枚ずつ巾着袋に入れられ、それぞれのカバンの中に収められている。

腕時計を見た。九時三十分。

メールで指定された時刻は九時だ。余裕を持ってその十分ほど前にこのファミレスにやってきたから、もう四十分になる。一体、「犯人」は何を考えているのか……。

「あの」

そのとき、織田がドリンクバーから帰ってきた。

そしてその後ろについてきた一人の少女。

「え？」

一色さんが声を上げる。

「ごめんなさい。どうしても気になって、尾行してしまいました」

近衛美郷はバツが悪そうに、それでもどこか楽しそうな表情で、ぺこりと頭を下げた。

＊

困ったなあ。困ったなあ。

でも、私が悪いんじゃない……。

楓はドリンクバーの前で、イチゴジュースを注ぎ、あれ、と思い、振り返り、そして唖然とした。

目の前の席に、近衛美郷ちゃんがいたからだ。

「ほわぁぁ。美郷ちゃん！　どうしたの？」

どうしたの、っていう質問は、変だったかもしれない。だけど、他に言葉が出てこなかった。

美郷ちゃんはニヤニヤ笑っていた。

「先生たちの様子がおかしかったから、こっそりあとをつけてきちゃった」

美郷ちゃんはそれだけ言った。

「ねえ、織田先生、何があったのか、教えて」

「ええぇ？」

「だって、五千円分の一円玉って」

「だめだめ。だめだよ」

と言ったけれど、どうやってごまかそうか。ごまかすのは苦手だ。

「先生の今日の服、可愛いね」

「えっ？」

ちょっと照れる。

「こんなピンクのドット。先生みたいに可愛くなきゃ、着れないよ。うらやましい」

「そんなぁ」

お世辞だっていうのは、楓にだってわかっている。最近の中学生はファッションに厳しいし、授業中もいつもからかわれる。だけど、美郷ちゃんに言われると、嬉しい。そういう美郷ちゃんも、白いニットに、オレンジのチェックのスカートと、オレンジのスニーカー。ヘンに大人びていないところが可愛い。

「ねえ先生、教えてよ、何があったのか」

有無を言わせない聡明な顔。全国模試でも上位の成績を叩き出す彼女には、数学だけしかできない楓としては、正直、引け目を感じてしまう。

自分だけじゃ、判断できない。楓は「じゃあついてきて」と言って、美郷ちゃんをみんなの前に連れていった。

他の四人も、美郷ちゃんを見て、目を丸くしていた。彼女が尾行していたことや、自分たちのあとを追って入店していたことに気づいていなかったのは、自分だけじゃない。楓は少しほっとした。

つまり、私だけが悪いんじゃない。そうそう。

「ごめん、近衛。言えないんだ。帰ってくれ」

一色センセイが毅然として言い放った。やっぱり、頼りになるなあ。

でも、美郷ちゃんは引き下がらないだろうなあ。こう見えて結構頑固だし。

「えー、どうしてもだめ、先生？」

ほらね。

「ちょっと、緊急事態なんだ」

そう。今は山下愛子ちゃんが誘拐されている緊急事態。西川センパイ、タクローセンパイの同級生の上高田さんっていう人が犯人である可能性が高いっていうけれど、楓はいまだに半信半疑だった。

「私が、一円玉、両替してあげたのに」

不満そうな美郷ちゃん。

「それは感謝するよ」

今度はタクローセンパイ。

「だけど、今は本当に」

「タクローまで、そんなこと言うの？」

「帰って勉強しろよ。今日も四時から塾があるんだろ？」

「宿題、終わってるもーん」

と、美郷ちゃんが口をとがらせたそのときだった。

トゥルル、トゥルル、トゥルル！

けたたましい電子音。

ケータイの音だ。犯人さんから、かかってきたのかも。

トゥルル、トゥルル、トゥルル！

みんな、お互いの顔を見合わせる。

誰の？　誰の？

「すみません」

慌ててケータイを取り出し、耳に当て、「もしもし」と話し出したのは……月谷センパイだった。

3
限目

犯人からの出題

「おーほれーぃ」

このよくわからない掛け声。懐かしいけれど、大学生になって冷静に考えると、何と言っているんだろう?

「おーほれーぃ」

キィンという、金属バットがボールを打ち返す音。「何やってんだ、まわれ、まわれっ!」という怒号。

小学生の頃野球少年だった拓郎としては血が騒ぐ。土日にはよくこうして、練習試合をしたなあ。

……青いキャップに合わせた、懐かしいストライプのユニフォーム。拓郎も所属していた君川クリッパーズだ。相手は隣町の浦瀬《うらせ》ヤングスターズ。

「およっ、誰かと思ったら珍しい!」

なんとなく試合を見ていたら、大きなだみ声が聞こえた。

「タクローじゃねえか」

「中野《なかの》監督、お久しぶりです」

「なんだ今日は、見学か?」

ひげ面《づら》の大柄の監督。拓郎が小学生だった頃から全然変わっていない。それにしてもすぐにわかったということは、自分の顔もあまり成長していないってことか。

「いや、ちょっとバイトの仕事で」

「バイト？　お前みたいなのを雇ってくれる勤め先、あるの？」

「ええ、まあ……」

ニヤニヤしながら、無遠慮に腹を突いてくる。腹筋は毎日鍛《きた》えているから、恥ずかしくはないが。

言葉を濁しながら、腕時計に目を落とす。九時五十分。時間を無駄にしている場合じゃない。

都合のいいことに、三塁側ベンチは君川クリッパーズが使っていた。

「監督、すみませんが、ベンチ、調べさせてもらっていいですか？」

「ベンチ？　ああ、別にいいが……」

ベンチに近づく。

「一体、何のバイトなんだよ？」

不思議そうに尋ねる中野監督。

「ベンチの下に、封筒が貼りつけられたりしてないすか？　その、えっと……忘れ物です」

忘れ物が貼りついているのは不自然だと自分でも思った。監督はそれについては何も聞かず、選手たちのほうを見た。

「おいみんな、ちょっとベンチの下を探ってみてくれ！」

「すみません、ありがとうございます」

やがて、一人の少年が、「何かありました」と、青いA4サイズの封筒を持ってきてくれた。

「これでいいのか、タクロー？」

「はい、ありがとうございます」

さっそく、封筒をあけて中身を取り出す。

クリアファイルに挟まれた何枚かの紙。

「げっ！」

拓郎はそれを見るなり、思わず口に出していた。

「何だお前」

後ろから覗き込んでいた中野監督が言う。

「それ、バイトか？」

【解けるかな？　理科・ビジュアルクロスワードパズル！】

紙には数枚にわたり、鳥や植物、星や岩石などの写真が並び、それが鍵となっているクロスワードパズルが添えられている。よりによって、本庄のもっとも苦手なタイプの問題だった。

……何が「オ前ノ得意ナジャンル」だよ！


犯人は、どうやら携帯電話で五人を一人ずつ呼び出し、別々の場所で一円玉の受け渡しをさせることを目論《もくろ》んでいるらしかった。

九時三十分を過ぎた頃、一番に呼び出されたのは月谷さんだ。

「はい。……はい。……十時四十分ですね？　……はい」

月谷さんは緊張した様子で受け応えをして、電話を切った。

「どうだった？」

一色さんが尋ねる。

「電話の主はボイスチェンジャーを使っていて、男か女かさえ判別できません」

月谷さんはその声に、一人で、公民館に併設されている市民図書館に行くことを指示された。他の四人はそのまま待つようにと言われたそうだ。

「みなさんには、あとから順に指示の電話をかけるそうです」

「順に？」

緊張の糸が張り詰めた。

「とにかく、私は行かなければなりません」

「気を付けてくださいね」

西川が言うと、月谷さんは軽く手を上げ、カバンを持って店を出ていった。

そして約十分後、二番目に電話がかかってきたのが、拓郎だったのだ。

「もしもし？」

〈本庄拓郎ダナ？　山下愛子ヲ預カッテイル者ダ〉

やはり相手はボイスチェンジャーを使用しているようだった。抑揚のない、機械のような声。月谷さんの言っていた通り、男か女かもわからない。

「上高田か？」

〈ワレワレハ無駄ナ話ヲシテイル時間ハナイ〉

相手は一刀両断した。この話し方、上高田のような気もするが、違う気もする。もしかしたら本当に山下愛子は誘拐された……？　先ほどまでの余裕な気持ちは一気に小さくなっていた。

一色さん、西川、織田の三人、そしてなぜかひょっこり現れた近衛美郷までが心配そうに拓郎の顔を見ている。

〈本庄拓郎。オ前ハコレカラ一人デ、市営球場へ行ケ〉

「市営球場？」

〈ソウダ。三塁側ベンチノウラニ、封筒ヲ貼リツケテオイタ。中ニハオ前ノ得意ナジャンルノ問題ガ入レラレテイル。オ前ガ問題ヲ解クト、市内ノアル場所ガアラワレル。ソノ場ニ、十時四十分マデニタドリ着クコト。イイナ？〉

「おい！」

〈モシモシクジッタラ、山下愛子ノ命ハナイ〉

「あと、一時間しかないじゃないか！」

制限時間は、月谷さんと同じだった。

犯人は、一方的に電話を切った。

「どうだ？　上高田っぽかったか？」

まず、一色さんが聞いてきた。

「いや、わかりません」

「また、一人で来いって？」

西川だ。

「ああ。市営球場だって」

「犯人さんは、私たちを一人一人にしようとしてるんですかねえ？」

頭上のリボンをいじりながら、織田が独り言のようにつぶやいた。

「一体、何のために？」

「さあ」

「とにかく、時間がないので行ってきます」

拓郎はカバンの中に一円玉千枚入りの巾着袋があることを確認すると、席を立った。

「頑張って、タクロー」

ちゃっかりテーブルについてメロンソーダを飲み始めている近衛美郷が、エールを送ってくれた。


野球少年たちが座っていないベンチの隅っこを借りてクロスワードパズルに挑戦し始めたものの、

【タテ3　この昆虫の名前は何だろう？】

……どう見てもクワガタだった。だが、当該のタテ3を見ると、マス目は七つもある。「クワガタムシ」にしても一つ足りない。ということは、正式名称？　クワガタにも何種類かあるのだろうけど、正式名称なんか、知らないよ……。

パズルを解き進めるうち、二重あごの嫌味たらしいニヤついた顔が脳裏に浮かんだ。——お前、理科を教えているくせに、こんな常識的なことも知らないのか、本庄？

上高田はそう言っていた。

拓郎の大学受験科目は物理と化学だ。だが、中学校の理科には生物分野も地学分野もある。こういった、記憶系の知識を要する分野は苦手だ。その上、こんな中学受験に出そうなマニアックな知識……。

キィン！　金属バットがボールを打ち返す音が響く。試合は、君川クリッパーズペースで進んでいる。

「お前、さっきから、何やってるんだ？」

試合そっちのけで、中野監督が話しかけてきた。

「塾で教えてるんだってな」

「え？」

少年たちの誰かが噂したのだろうか？　いや、そんなことを気にしている場合じゃない。とにかくこのクロスワードパズルを完成させないことには！

「監督、この虫の名前、わかりますか？」

「ん？　……これはお前、クワガタだろ」

「七文字なんですよ」

「あー？　ちょっと待て。おい、サトシ！」

中野監督はベンチを振り返り、一人のメガネ少年を呼び寄せた。

「このクワガタ、なんだ？」

少年は紙を覗き込み、

「ヒラタクワガタです」

即答した。

「間違いないか？」

「はい。ヒラタクワガタのメスです」

何だこの少年？　目を丸くすると、監督は自慢げにひげ面に笑みを浮かべた。

「本庄、サトシはな、名門・鷹花《ようか》中学校を狙《ねら》ってるんだ。な？」

野球少年は恥ずかしそうにうなずいた。賢そうな顔。きっと光聖アカデミーか芳心ゼミナールの中学受験コースに通っているのだろう。それか、家庭教師をつけてもらっているのかもしれない。中学受験を対象としていないＪＳＳ進学塾の講師としてはなんとも引け目を感じてしまう。だが今は、なりふり構っている場合じゃない。

「君、ちょっと、協力してくれる？」

拓郎はサトシ少年に紙の束を預け、片っ端から答えを聞いていった。

＊

「私ぃ、お父さんの実家が栃木県の足利市にあるんですけどぉ……」

目の前で、織田さんがイチゴジュースのグラスをストローでかき回しながらしゃべっている。一色さんに話すときだけ、少し声色が変わる彼女のこういうところが、麻子は気に入らない。

「足利市というと、『渡良瀬《わたらせ》橋』か？」

一色さんが聞き返す。

「わ。さっすが、何でも知ってますねぇー」

織田さんがわざとらしいくらいに大きくうなずいて答える横で、近衛美郷ちゃんが首をかしげた。

山下愛子ちゃんが誘拐されたっていうことは、月谷さんに犯人からの電話がかかってきたことから結局隠しきれず、先ほど一色さんが代表して簡単に説明した。美郷ちゃんもさすがにびっくりしたようだけど、「実は上高田が犯人かもしれないから」と、美郷さんを安心させようとしたのか、調子に乗ったタクローがぽろりとこぼしてしまった。で、なんとなく雰囲気は茶化されてしまい、美郷ちゃんは居座っちゃっている。

月谷さんとタクローが犯人（おそらく上高田くん）からの電話に呼び出されてどこかへ行ってしまったあと、三人ともなんとなく彼女を追い払うことができなくて、彼女は興味津々《しんしん》でこのテーブルについているのだ。おそらくこのあと麻子たち三人も電話で呼び出されるだろうから、そのときになって、最後の一人がそれとなく家に帰す役を引き受けることになるのだろう。

「知ってる？　その曲」

『渡良瀬橋』という曲を、麻子も知らないわけではなかったけれど、わざと割り込んで美郷ちゃんに聞いてみる。

「えーっと、よくわかんない」

美郷ちゃんは、恥ずかしそうに答えた。

「知らないのぉ？　松浦亜弥の曲だよ」

「いや、もともとは森高千里の曲だ」

織田さんの解説を、一色さんが引き継いだ。美郷ちゃんはきょとんとしていた。

「あれ、そうなんですかぁ？」

「ああ、後藤真希や河口恭吾もカバーしていたはずだ」

一色さんもよく知っている。普段は中学生相手に小難しい歴史や公民の授業を繰り広げているのに、歌謡曲にも詳しいのか。麻子にとっては意外だったけれど、「その地域で日常的に流されている音楽が、住民にどういう影響を与えるか」についての考察を論文のテーマにしようとしているのだったら、それも当然なんだろうな。

なんだか、一色さんの知らない一面を知れたようで、少し嬉しくもある。

「ひょっとして織田、足利市では電車の発車音に『渡良瀬橋』が使われているのか？」

「あっ。いやいや、そういうことじゃなくてですね。えーっと、足利市の住民にはだいぶこの歌が浸透していて……歌詞に、公衆電話が出てくるんですけれど」

「ああ、知っている」

「最近、公衆電話って使われないじゃないですか。だからＮＴＴがその歌詞に歌われている公衆電話を撤去しようとしたらしいんですよぉ。けど、有名な歌に登場する公衆電話で、住民のみんなも愛着があるからなんとか残してくれって市がお願いして、それで、今も残されているんです」

「そうなのか。それは知らなかった」

感心したように漏らす一色さん。美郷ちゃんもうなずいている。

「で？」

麻子は水を差したくなった。

「それがどうしたの、織田さん。一色さんの研究論文と関係なくない？」

「えぇぇ、関係ありますよぉ」

「どこが？　一色さんの研究は、『その地域で日常的に流されている音楽が、住民にどういう影響いるか』っていうことじゃないじゃん。ちゃんと、話、聞いてた？」

ここまで強く言うつもりはなかったのだけれど、つい力が入ってしまった。

織田さんだけではなく、美郷ちゃんも驚いたように麻子の顔を見ている。

「まあ西川、織田も、つい思い出したから言っただけだろう」

一色さんが織田さんのフォローをした。頭のいい美郷ちゃんも、取り繕うようにへへへと笑ってくれている。自分だけ空気が読めてないようで、余計情けなくなる。だけど、こういうとき、素直に謝れない性格だ。あーあ、なんとか、世界地理の話題に持っていけないかなあ。それだったら、織田さんなんかものともせずに、私の独壇場なのに。

そんなことを考えていたら、ぶるぶるぶるぶると、テーブルの上に置いてあった携帯電話が震えはじめた。

――非通知着信。

きた！

すぐに手に取って耳に当てる。見ている三人の表情が一気に緊張する。

「もしもし？」

〈西川麻子ダナ？〉

月谷さんやタクローが言っていた通り、ボイスチェンジャーを使った、男か女かもわからない声だった。感情を押し殺しているのか、淡々としゃべっている。上高田くんではない気もしたけれど、いかんせん中学を卒業してから一度も会っていないし話してもいないから、何とも言えない。

「はい」

〈オ前ハコレカラ一人デ、東川島《ひがしかわしま》団地へ行ケ〉

ここから歩いて十分くらいの団地だ。地元に精通している人間なのだろうか？ ……やっぱり、上高田くん？

〈私ハ、ソコノゴミ置キ場ノドアノ内側ニ、封筒ヲ貼リツケテオイタ。中ニハオ前ノ得意ナジャンルノ問題ガ入レラレテイル。オ前ガ問題ヲ解クト、市内ノアル場所ガアラワレル。ソノ場ニ、十時四十分マデニタドリ着クコト。イイナ？〉

「ちょっと！」

〈チャント指示ヲコナセ。サモナクバ、山下愛子ノ命ハナイ〉

恐らく、月谷さんや本庄に言ったのと同じことを告げた犯人は、一方的に電話を切った。壁の時計は、九時五十五分を指していた。


まったく、なんでゴミ置き場なんだろう。

せっかく一色さんと休みに会えるからって、ちょっとオシャレを頑張ったの、無駄だったかも。それよりも、最近買ったばかりのこの服にゴミの臭いが染み付いてしまうのが嫌だ。

気が進まないながらも歩を進めていく。肩から下げたカバンの中の、重さ一キロ分の一円玉が恨めしい。

やがて東川島団地が見えてきた。

この団地は、中・高と一緒だった友だちが何人か住んでいるので、麻子も何回か来たことがある。

久しぶりにちょっと呼び出してみようかと思ったけれど、みんなJSS進学塾には縁のない友だちだから、巻き込んだり、情報が漏れたりするのは避けなければならないと思い直した。

一体、ゴミ置き場ってどこにあるんだろう？　誰かに聞かなければならないだろうか？　と、敷地に入って第一棟を曲がったところに「東川島団地・ごみ収集所」と書かれた看板が見えた。鉄の扉の前に立つ。

土曜の午前。どこからか子どもの声が聞こえて来るけれど、周りには人影がない。麻子は取っ手をつかみ、ゆっくりと引いた。あまり力はいらなかった。

薄暗いスペースにゴミはなく、生臭さだけが薄く漂っている。そして、ドアの内側に、指示通りA4サイズの青い封筒が一つ、ガムテープで貼りつけてあった。膨《ふく》らみから見るに、中にはちょっとした本のようなものが入っているらしい。

封筒は右手で、簡単に外れた。

麻子は足早にゴミ置き場を立ち去り、第一棟の脇まで戻る。木立の下に、古ぼけた鉄製のベンチがあった。

やっぱり、誰かに見られたら恥ずかしい作業だ。ゴミ置き場から封筒を取ってくるなんて。しかも、カバンの中には一キロ分の一円玉がじゃらじゃら。傍目《はため》には一体なんだと思われるだろう。

封筒を膝に置き、ぱんぱんと手を払う。麦わら帽子を脇に置いて、髪を少し整え、一息。なんだかのどが渇いた気がするけれど、早く指令をこなさなければ。

封筒に手を入れ、中身を取り出す。

本ではなかった。

「トランプ?」

ハート、クラブ、スペード、ダイヤの模様があしらわれたプラスチック製の箱。サイズからしてもトランプだ……っていうことは、数学? 数学は私じゃなくて、織田さんの得意分野だ。それともマジック? だとしたら一色さん。どっちにしても、「犯人」のやつ、間違えたんじゃないの?

箱を開けてみる。

目に飛び込んできたカードはたしかにトランプではあった。だけど片隅に、小さな紙が貼りつけてあった。ひらがなの「あ」だ。

「どういうこと?」

初めの一枚を取り出し、裏返す。するとこちらにも少し大きめの紙が貼りつけてあった。文字ではなく、デザインだ。

左上に緑、右下に青。それを分けるように斜めに、黄色い縁取りの黒いライン。

小学生の頃から、父親にプレゼントされた『世界国旗事典』を愛読書の一つとしている麻子には、そのデザインが何なのか、すぐにわかった。

タンザニアの国旗だ。

そのとき、封筒の中にもう一枚、紙が入っているのが目についた。

取り出して見ると、太字ゴシックでメッセージが書かれていた。

【カードには国旗とひらがなが一つずつ貼りつけてあるよ。それぞれの国旗を、首都の緯度が北極に近い順に並び替えて、ひらがなを読んでいってね。】

人を食ったような出題。ムッとしながら、すぐさまカードをすべて取り出し、ベンチの上にばら撒《ま》いた。

自分の口元がほころんでいくのを、麻子は感じた。きっと目は輝いているに違いない。

ブータン。バーレーン。エクアドル。キリバス。モンゴル。スワジランド。ベラルーシ……。

これは間違いなく、私の得意ジャンル、世界地理！

そして麻子は、唐突に思い出した。

――この国旗、どこだかわかるか？

犯人はやっぱり、上高田くんだ！

――見くびってもらっちゃ困るわ。これは、ブータン王国。黄色は王様の権威、オレンジは仏教、そして中央の龍は国の守り神を表しているわけ。

中学の頃、上高田くんに国旗当て勝負を挑まれては、うんちく付きで返り討ちにしていたのだ。成績に関係のある社会の知識ではすべて負けてしまうけれど、小学生の頃から培《つちか》ったこればっかりは負ける気がしない。

――どうだ、かなりの難問だろう？

「見くびってもらっちゃ、困るわ」

麻子はつぶやいた。

どの国旗がどの国のものか、そしてその国がどこにあってどんな形をしているか……子どもの頃は、暇さえあれば地球儀ばかり眺めていたから、首都の緯度もだいたいわかるはず。

麻子はカードの国旗を、まず北半球の国と南半球の国に分けていく作業から始めた。

ブータンは北半球、バーレーンも北半球、エクアドルは赤道直下……と、手が止まった。

右手にはペルーの国旗。左手にはマラウィの国旗。

片や南アメリカ大陸、片やアフリカ大陸南部。両方とも南半球なのは間違いないのだけれど、首都のリマとリロングウェとなると、どっちのほうが北に位置しているか、微妙だ。いいところをついている。これは世界地理好きのプライドにかけてぜひとも正解しないと。目の前で上高田くんのニヤニヤしている顔が見えた気がした。

透けニットにショーパン、ポップな麦わら帽子という格好の女子大生が、六月下旬の木陰のベンチで世界の国旗をしかめ面で眺めているというのがいかに異常な光景であるのか、麻子の頭の中からは、客観的な判断力はすでに消えていた。

*

西川が犯人の指示で店を出てから三分ほどが経過した。

一色正嗣は何杯目かのコーヒーをすすりながら、犯人の意図について考えていた。

月谷、本庄、西川と、立て続けに一人ずつ呼ばれた。おそらくこの後、自分と織田も一人ずつ呼び出されることだろう。

しかも、今までの三人が席を立つ前に報告したところによれば、月谷は市民図書館、本庄は市営球場、そして西川は東川島団地のゴミ置き場。彼らが呼び出されたのは、いずれもこの店から徒歩十分程度で行ける距離にあり、入場するのに特別条件もいらないところだ。さらに、三つとも方向がバラバラであるところに、犯人の配慮が見える。やはり犯人は、近隣、恐らく徒歩圏内に住んでいる者だろう。

さらに三人は、犯人がそれぞれの得意分野の「問題」を用意していると告げてきた、と言っていた。その「問題」がいかなる形で用意されているのかは不明だが、きっと月谷は英語か国語、本庄は理科、西川は世界地理だろう。となれば織田は間違いなく数学、自分は社会学——ということはないだろうから、普段授業で担当している歴史か公民ということになる。

ＪＳＳ進学塾の内情に精通している人間だ。しかも、ボーカロイドに詳しい。

考えれば考えるほど、犯人は上高田以外にありえない。

脅迫メールに添付されていた、力なく横たわっている山下愛子の写真。

一体、上高田は何を考えているのか。

「それは、ニュートン算だねぇ」

「そうそう、ニュートン算。でも私、あれ、苦手で」

織田楓と近衛美郷は無邪気に勉強の話をしていた。

「中学校だと出てこないからね」

近衛が小学校の頃に模擬試験で出された算数の問題で、いまだに解法がわからないものがあるというので、織田に尋ねたのがきっかけだった。それにしても、仮にも誘拐犯からの電話を待っている状況で、どうして算数の質問ができるのか。近衛は成績もよく、はきはきとした物腰で、それなりに美少女だが、やっぱり常人とは感覚がずれているところがある。そこへきて、さらに常人と感覚やリズムのずれた、大きなリボンの数学講師。

「８本足のタコ星人３人が10日でする仕事の量はトータルで２４０、10本足のイカ星人２人が18

日でする仕事の量はトータルで３６０でしょぉ？」

「うん、それはわかるわかる」

近衛が記憶の底から引っ張り出してきた問題は、宇宙のどこかの星にあるという「ヒトデ型イチゴ」の農場で、イカ星人とタコ星人が摘み取り作業をするというへんてこな問題だった。

「その差１２０は8日間でヒトデ型イチゴが生長する量になるよね。つまり、ヒトデ型イチゴが1日に生長する量は１２０÷８で15だ」

頭上のリボンをぐりぐりといじりながら、織田は説明を進めている。よくもまあ、一度聞いただけのこんな奇っ怪な文章問題の解法を、紙に何も書かずに説明できるものだ。

それにしても……と、真剣に織田の話を聞いている近衛の顔を、一色は見つめた。

一円玉を両替してもらった負い目があるというものの、ついつい彼女を居座らせてしまったことを後悔し始めていた。そろそろ帰さなければならない。この「誘拐事件」が上高田によるたちの悪いイタズラだったところで、生徒を巻き込むのはよくないだろう。

「タコ星人とイカ星人1人ずつで1日にできる仕事の量は18だけど、その1日の間にヒトデ型イチゴは15成長しちゃうから、結局減るのは3しかないでしょお？　そいで、初めから農場にあるヒトデ型イチゴの量なんだけど」

「近衛」

一色は織田の長々しい解説を遮った。

「そろそろ、家に帰ってくれるか？」

できるだけ冷たく、一色は告げた。近衛はこちらを見たが、

「でも先生、今、織田先生に説明してもらっているんです」

「そんなの、あとで塾に来たときでいいだろう。今日も四時から授業があるんだから」

「今思い出したから、今聞きたいんです。それとも先生、あとで質問に行ったら、答えてくれます？」

近衛は口元に意地の悪い笑いを浮かべていた。

一色は常々授業で、「数学は苦手だ」ということを公言している。嘘ではない。研究に使うので統計学的な手法については勉強したが、塾の中学生が解いているような問題は、二次方程式が限界だ。特に図形の問題が大の苦手であり、円や相似になると拒否反応が出る。その点、計算が速く、図形の問題も瞬時に答えを当ててしまってから裏付けをするという、織田楓のセンスには心底感心していた。

どう返事をしようかと困っていると、テーブルの上の携帯電話が震えはじめた。

——非通知着信。

ついに、きた。

無意識のうちにカバンに手をやり、巾着袋の中の一円玉の感触を確かめると、話をやめてこちらに注目する織田と近衛から目を逸らし、一色は携帯電話を耳に当てた。

「はい」

〈一色正嗣ダナ？〉

先に呼び出された三人の言っていた通りだ。ボイスチェンジャーを使っており、男か女か判断できない。当然、上高田であるかどうかも不明だ。

「はい」

〈オ前ハ、扇団地《おうぎ》ノ南ノ商店街ヲ知ッテイルカ？〉

「ああ」

このK&Lキッチンから十五分くらい歩いたところにある商店街だ。

〈ソコニ、モウ潰レテシマッタ「相良《さがら》商店」トイウ店ガアル〉

知っている店だった。店主も引っ越し、今はシャッターが閉まったままになっているはずだ。

〈私ハ、ソノ店ノ裏ノ庭ノ木ニ、封筒ヲ掛ケテオイタ。中ニハオ前ノ得意ナジャンルノ問題ガ入レラレテイル。問題ヲ解クト、市内ノアル場所ガアラワレル。ソノ場ニ、十時四十分マデニタドリ着クコト。イイナ？〉

一色が返事をする前に、犯人は電話を切った。電話を切りながら、一色の中にどこか既視感のようなものが浮かんでいた。やはり、上高田なのだろうか。

腕時計に目をやる。十時ぴったりだ。

「一色さん、犯人ですか？」

織田が当たり前のことを尋ねてきた。不安そうな顔をしている。

「ああ……扇団地の南の商店街だそうだ」

「そうですか。気を付けてください」

「わかった」

立ち上がりながら財布から千円札を出してテーブルに置くと（今までの三人は、ちゃっかり支払いをしないまま店を出ていっていた）、織田を手招きした。

「なんですかぁ？」

出入り口のところで、近衛に聞こえないように耳打ちする。

「近衛のこと、しっかり、帰すんだぞ」

「えぇぇ？　私が？」

「当たり前だ。受け渡しに随行させるわけにはいかないだろう。講師としての責任を持つんだ」

正直、織田は頼りない。一色が講師一年目の時に中学校三年生だったから、まだ生徒のような感覚さえある。だがＪＳＳ進学塾の学生講師として彼女に責任を負わせ、育てるのも一つの仕事だと、一色は加賀見塾長の顔を思い浮かべながら自分に言い聞かせた。

「そうですよね……わかりました。楓、頑張ります」

織田は意外にも、頼もしい声色で応えた。


歩きながら、メッセンジャーバッグの中の一円玉がじゃらじゃらと音を立てるのが気になって仕方ない。自転車の使用を禁じた「犯人」が、今さらながらに恨めしいが、とにかく十時四十分までに「問題」を解いて、次の場所に出向かなければならないのだ。

扇団地に入り、敷地内を突き抜け、商店街へ出る。土曜の午前中なので、自転車屋くらいしか開いておらず、人もまばらだ。「相良商店」という文字が消えかかった看板が見えてきた。腕時計に目をやると十時十五分を指していた。

さび付いたシャッター。住居スペースになっていた二階部分も雨戸が閉め切られている。小学生の頃、二、三度、友人と駄菓子を買いに来たことがあった。閉店になったと噂で聞いたのはいつのことだっただろうか？

脇の路地のようなところから、奥へ入っていく。

庭は荒れ放題で、草が生い茂っていた。電話の主はたしか、〈木ニ、封筒ヲ掛ケテオイタ〉と言っていたはずだ、と見回すと……、一本のひょろ長い木の枝に、たしかにひもが貼りつけられた真新しい青いＡ４サイズの封筒が掛けられている。

草を踏み分けてその封筒を取る。

こんな陰気なところで「問題」に取り組むのはごめんなので、一色は再び、表通りへ出てきた。四店舗ほど隣の自転車屋の店主が、チェーンを回す作業をしながらこちらをちらりと見たが、別に気にする様子もないようだった。

正面の薬局はシャッターが閉まっていた。そこに二人掛けの小さなベンチがあった。一色は腰かけ、封筒を開ける。

紙が数枚、入っていた。一番手前の青い紙に【指示書】と書かれていた。

【小学生向けの人名事典に載っている歴史上の人物だよ。さて誰だろう？】

【人物名の初めの一文字をつなげていってね。メッセージが現れるよ。】

【カタカナの外国人は、ファミリーネームの一文字目を拾ってね。】

【「む」は「ん」に直してね。】

小学生向けの学習教材のコラムみたいな書き方だ。

束のほうにはびっしりと、人物の情報が一人称の形式で書かれていた。

【①　私は、京都の禅寺・相国寺《しょうこくじ》に入り禅宗の修行に励み、周文《しゅうぶん》という僧に絵を学びました。１４

67年に大内氏の貿易船に乗って中国の明《みん》に渡り、禅宗の修行をしながら、墨の濃淡で自然の風景を描く水墨画を学んだのです。帰国後は全国を旅行しながら風景画を描き、日本風の水墨画を大成させました。『秋冬山水図』『天橋立図《あまのはしだてず》』などが代表作です】

……たかだか、「雪舟」を表すためだけに、長々と説明文を書きやがって。

一色の脳裏に、上高田のニヤついた顔が浮かんだ。

一色はメッセンジャーバッグからボールペンを取り出すと、問題の脇に「雪舟」と書いた。

【② 私は、長野県に生まれた昭和時代の児童文学者です。野生動物に関心があったため、動物を題材にした作品を多く残しました。『片耳の大鹿』『大造じいさんとがん』などが代表作です】

高をくくっていた一色の手は、わずか二問目で止まってしまった。……『大造じいさんとがん』？

たしかに、小学生の頃、教科書かもしくは問題集の物語文の単元で読んだかもしれない。作者名は……、国語担当の月谷なら覚えているのだろうか？　だいたい、こんな文学者、歴史上の人物と言えるだろうか？　小学生向けの人名事典という特性がしっかり現れている。

――こんなのもわからないんですか、一色さん？

これでは上高田の思うつぼだ。

一色は紙の束をぱらぱらとめくった。問題は㊵まである。時刻は十時二十分。急がなければ間に合わない。

とにかくわからない問題は飛ばして、次だ。

【③ 私は、太平洋戦争で日本軍の攻撃を指揮したアメリカ合衆国の軍人です。戦後は日本にやってきて連合国軍総司令部の司令官に就任し、日本の敗戦処理を行いました。1950年に起こった

朝鮮戦争でも国連軍の総司令官に就任したのですが、トルーマン大統領と対立し、残念ながら解任されてしまったのです】

……GHQの長官、という情報だけでいいのに。

「マッカーサー」と記しながら、一色は舌打ちをした。

＊

楓に犯人さんからの電話がかかってきたのは、美郷ちゃんにイカ星人とタコ星人のニュートン算の解説を終えた頃だった。「ありがとうございました」と、彼女はスッキリした様子。本当に可愛い子だなあ。

「先生って、どうして数学できるようになったの？」

美郷ちゃんは尋ねる。難しい質問。

「うーん。できるっていうか……昔から、一人でよく妄想してたんだよねぇ」

楓はイチゴジュースをストローでくるくるかき回しながら答えた。

「妄想？」

「うん。私ね、カギっ子でさぁ、幼稚園の頃から、家で留守番してることが多くて、そいで、絵本をいっぱい買ってもらったの」

「絵本？　数学の、パズルみたいな本じゃなくて？」

「そうそう。フツーのおとぎ話。で、『シンデレラ』のさ、カボチャの馬車、あるでしょお？」

楓はお母さんからかつて買ってもらった『シンデレラ』の挿絵《さしえ》を思い出す。二頭の白馬に引かれた、大きなカボチャの馬車。美郷ちゃんは身を乗り出すようにして、興味深げに聞いてくれている。

「あれ、実際のカボチャの何個分の大きさになるのかなあって」

「はあ?」

「魔法使いのおばあさんってね、どれくらいの能力があるのかを、計算で出そうとしたんだよねぇ。当時の私の試算だと、シンデレラの身長から考えて、カボチャの馬車は、直径6mはあるのね。で、冷蔵庫の中に偶然あった実際のカボチャを計ったら、直径15㎝だったの」

ってことは、相似比は15:600で1:40。体積の比にするとそれぞれの3乗にしなきゃいけないから、1:64000になるはず。

「だから、あの魔法には、1個のカボチャを64000個分のカボチャにできる力があるんだと思ったんだけど、よく考えたらそれはちょっと違って、だってなぜかというと、馬車にするには、中をくり抜かなきゃいけないでしょお? で、私、自分で絵を描いて、考えてみたんだけど……」

「わかった、もういいよ」

美郷ちゃんは、楓を止めた。

「織田先生って、フシギ系だけど、フシギ系にしても、ちょっとずれてるよね」

「えぇぇ? やっぱり私、変かなあ」

「すっごく、変」

そうかぁ。……楓は、小学生の頃を思い出した。そういえば、クラスの子たちにもそんな風に遠ざけられていたっけ。

でもＪＳＳ進学塾に通うようになって、塾長にある言葉をかけてもらって、自信がついたんだった。

「あのね、美郷ちゃん」

と、美郷ちゃんにそのことを話そうとしたそのとき、ぱーりらぱりらぱりらぱりらと、楓の携帯電話が歌い出した。

——非通知着信。

今までの四人が呼び出された状況を見てきて、なんとなく勝手はわかっていたけど、やっぱり、実際にかかってくると緊張する。だいたい楓は、他の四人と違って、上高田さんという人と面識がない。中学生だった頃に一つ上の学年だったというから、塾ですれ違ったりしていたのかもしれないけれど、上級生の顔なんて全然覚えてない。西川センパイやタクローセンパイの顔だって、今年初めて認識したっていうのに。

もし犯人が本当に上高田さんという人だったとしても、みんなの話を聞く限り、とっても意地悪な性格らしいし、ヤだなあ……。

でも、ここまできてそんなことを言っていても仕方がないので電話に出る。

「もしもし」

目の前には、心配そうな美郷ちゃん。

〈織田楓ダナ？〉

わぁ、これだぁ、ボイスチェンジャー。フーリエ解析をしてみればもとの声がわかったりするんだろうか。もちろん、楓の耳じゃ無理だし、そんな機械、どこにいけばあるのか見当もつかないけど。

「ほわぁ！」

そのとき楓は突然ひらめいた。

耳から携帯電話を離し、操作をする。ぼーっとしている性格なのは自覚しているけれど、実は携帯電話の操作は得意で、指はぱっぱっぱと動く。

メニューから音の設定、そいで、録音機能を選択して、よし、設定。カウントが表示された。これで、犯人さんの声を、あとで分析できるかもしれない。

〈オイ、聞コエテイルノカ？〉

「はーい！」

元気よく答えてしまった。

〈オマエハ、ソノ店ノ、駐車場へ今カラ行ケ〉

「えっ？　その店、って？」

〈今、オマエガイル、K＆Lキッチンノ駐車場ダ〉

このファミレスの、駐車場？

月谷センパイは市民図書館、タクローセンパイは市営球場、西川センパイは東川島団地、一色センセイは扇団地の近くの商店街。みんな、近いとはいえ十分から十五分くらい歩く距離の場所へ行くように指示を出された。それが、楓だけ、そんな近くなんて。

〈今、駐車場ノ隅ニ、自転車ガ数台、停メラレテイル。ソノウチノ一台ノカゴニ、封筒ガ入レラレテイル〉

封筒。そう言えばみんな、ここを出る前にそう言われたことを告げていた。

〈中ニハオ前ノ得意ナジャンルノ問題ガ入レラレテイル〉

あれ……？　なんか、おかしいかも。

違和感の正体を楓につかませる暇《いとま》もなく、犯人は続けている。

〈問題ヲ解クト、金ヲ運ブ場所ガアラワレル。ソノ場ニ、十時四十分マデニイケ。サモナクバ、山下愛子ノ命ハナイ〉

「あ、ちょっと」

楓の呼び止めを聞くこともなく、犯人さんは一方的に電話を切った。そのままディスプレイに表示されている時計を見る。十時十分。三十分後には、受け渡し場所に着いてなきゃいけないなんて。無茶じゃない？

「……なんて、言ってきたんですか？」

美郷ちゃんが聞いてきた。

「この、ファミレスの駐車場だって」


一色センセイが置いていってくれたお金に差額を足して会計し、楓は駐車場に出た。

「自転車ってどこ？」

キョロキョロする楓の脇を、美郷ちゃんは颯爽《さっそう》と歩いていく。

「織田先生、こっち」

手招きされて建物の裏に行くと、そこにも駐車場は続いており、たしかに自転車を停めるスペースがあった。そこには三台、自転車が停めてあり、一番右のママチャリのカゴに、何かが入れられていた。

「あれ、封筒じゃないですか？」

すでに美郷ちゃんの足はママチャリに向かっていた。

「待ってよ、美郷ちゃん」

カゴに入っていたのは、Ａ４サイズの封筒。手に取って開けると、中には紙切れが二枚と、座標軸が書かれた透明なフィルムシートが一枚、入っていた。

楓は紙を取り出す。一枚目の紙は、この周辺の地図のコピーだ。そして二枚目。

【次の不等式が表す領域をフィルムシートの座標平面に図示してみよう。】

そういう問題文が記され、その下に数式が書かれていた。

$$\begin{cases} y < 2x - 5 \\ y > -\sqrt{-2x+10} + 3 \end{cases}$$

「こんな問題、できるの？」

不安げな美郷ちゃん。たしかに、中学生には難しいなあ。

だけどもちろん、楓は笑って応えた。

「こんなん、楽勝だよぉ」

ヒヨコの絵が描かれたお気に入りのカバンからボールペンを取り出して、紙の空いているスペースに計算を始める。高校生レベル高校生レベル。楽勝、楽勝。上高田さんっていう人も、案外優しい人だ。

やがて計算が終わって、図をフィルムシートの上に書く。ボールペンじゃできないなぁと思って

いたら、

「先生、封筒の中に、油性ペン入ってるよ」

美郷ちゃんが目ざとく見つけて手渡してくれた。

油性ペンで放物線と直線を描いて、領域に斜線を引く。

「このフィルム、さっきの地図の上に合わせるのかなあ？」

「先生、隅っこにハートの印があるよ」

指摘された通り、フィルムの右下にハートの印。そしてよく見ると、地図のコピーの右隅にもまったく同じサイズのハートの印。

二つのハートを重ねてみる。すると……、

「ほわぁぁあ」

思わず声が出る。楓がさっきフィルムの上に図示した領域が、ぴったり、地図上のある場所を囲んでいたからだった。

「ホドサキショッピングモール」

K&Lキッチンから歩いて十分ほどの距離にある、ここでは一番大きい商業施設だ。ケータイを取り出して時間を確認。まだ十時二十分。楽勝、楽勝。

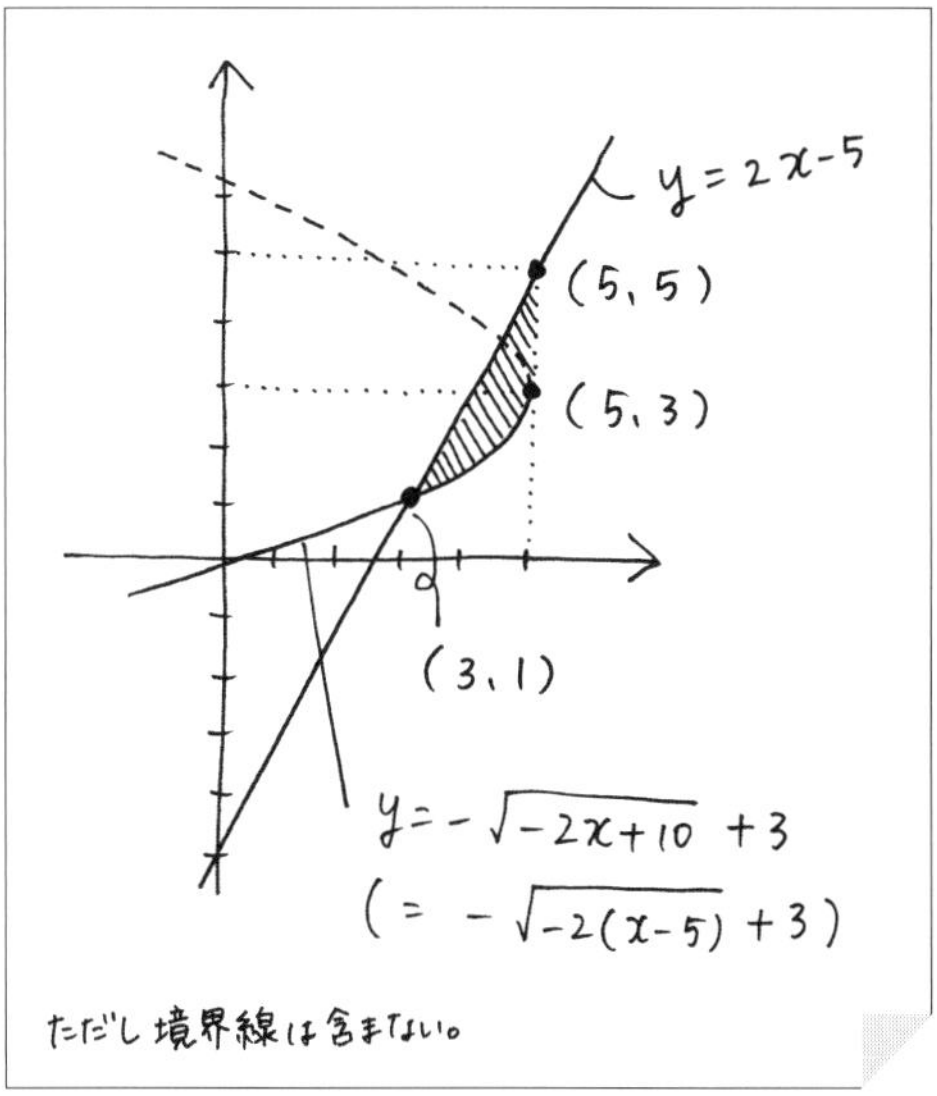

「先生、すごいなあ」

美郷ちゃんが後ろで感心していた。

「なんか先生、ずれてるけどやっぱり、カッコいい。私も、一生懸命、数学やろうって気になる」

……そっかぁ、私やっぱり、ずれてるかぁ。でも、こういう一言が、嬉しかったりもする。塾で先生のバイトをやってよかったと思える瞬間だ。

生徒からの尊敬のまなざし。可愛い顔だなあ……と、ほっこりしてる場合じゃない。

楓は一色センセイに課せられた使命をようやく思い出しつつあった。

「あのね、美郷ちゃん」

彼女とは、ここでお別れ。仮にも誘拐事件に、塾の生徒を巻き込むわけにはいかない。

「言いにくいんだけど……」

「あっ！」

美郷ちゃんは口に手を当て、突然叫んだ。

「どうしたの？」

「そのシート見て、思い出した！　もう一枚、特別に数学の課題出されてたんだ！」

ほわあ。顔が蒼《あお》くなっている。

「どうしよう。あれやんないと、塾長に怒られる」

「早く帰って、やったほうがいいんじゃない？」

「うん、そうする。じゃあ先生、またあとでね！」

美郷ちゃんは手を振って、走り去っていった。

＊

月谷優子は、ホドサキショッピングモールの中央広場オブジェ前のベンチに座っている。

買い物客が行き交う中、月谷は「犯人」からの青いA4サイズ封筒——市民図書館の百科事典の間に挟まっていたものだが——を開き、中に収められている問題の束を取り出した。

それは、大量の国語の文章問題だった。全部で十枚。説明文、物語文、随筆、そして古典。すなわち月谷が普段、中三の生徒たちに指導している問題と似たようなものが散らされている。そして、解答はすべて選択肢から選ぶ方式だった。

【正しい選択肢のカタカナを並べていくと、身代金の受け渡し場所が示されるよ。】

【『ム』は『ン』に変換して読んでね。】

紙には、このような文章が書かれている。

【——線部①「暗い穴に落ちていくような気持ちになった。」とありますが、なぜスティーブンはそんな気持ちになったのですか？　次の選択肢のうち、最も適当なものを選びなさい。

サ．誰にでも分け隔てなく優しいクリスティーヌが、実はサマンサのことを嫌いだと知ってしまったから。

シ．自分にはなんでも打ち明けてくれるクリスティーヌが、リスザルを飼っていることを今まで黙っていたことを知ってしまったから。

ス．クリスティーヌの飼っているリスザルが、サマンサの手を嚙んだので、かわいそうだと思ったから。
セ：イチゴのジャムだと思ってパンに塗ったジャムが、食べてみたらスモモのジャムだったから。】

簡単な問題だった。本文を読むと、スティーブンは食にこだわりを持つ反面、クラスメイトの女子たちの心情には何の感情も持っていない少年として描かれている。したがって答えは「セ」だ。

【――線部②「幸福な偶然」とは、具体的にどのようなことを指しているのですか。次の選択肢のうち、最も適当なものを選びなさい。
マ：班のリーダーがサマンサであったこと。
ミ：算数担当のゲイリー先生が、たまたま遅刻したこと。
ム：クリスティーヌの母親が医者であったこと。
メ：サマンサが自転車の鍵を忘れていたこと。】

これも、難問ではない。答えは「ム」だ。

このようにして選択肢の四十八のカタカナと数字を並べていくと、次のようなメッセージが現れる。

『セムマイノイチエムダマヲ1バムノクツバコニイレホドサキシヨツピムグモオルノチユウオウヒロバヘコイ』

『ム』は『ン』に変換せよというメッセージに従えば、このメッセージは次のように変換されるべきである。

『千枚の一円玉を1番の靴箱に入れ、ホドサキショッピングモールの中央広場へ来い』

市民図書館には研修室という和室の部屋があり、その上り口に扉付きの靴箱がある。今日の午前中は利用者がいないようだった。

月谷は周りで人が見ていないことを確認し、指示通りに1番の靴箱に一円玉の入った巾着袋を入れ、ホドサキショッピングモールにやってきた。十時二十五分には着いていた。

それにしても、なかなか凝《こ》ったことを考えるものだ。月谷は、何枚目かの紙を出して眺める。

それは、中学三年生たちが最も苦手とする「随筆」だった。

【〰〰線部Ⓑ「電車の中の青年の優しさ」とありますが、次のうち、筆者が電車の中で出会った青年の優しさに通じると感じているものとして、最も適当なものをひとつ選んで答えなさい。

ハ：医者が、患者に対して正直に病名を言うこと。

ヒ：建築労働者の作業着についた意図しない汚れを「かっこいい」と言うこと。

フ：後ろに並んでいた女性にタクシーを先に譲ること。

ヘ：害虫である蛾やシロアリを駆除しないでおくこと。

ホ：敵国に最新の兵器技術を教えること。】

国語の文章問題は筆者の意図するところをくみ取る点を重視しなければならない。それでも、物語文や説明文では、（少なくとも小中学生の問題では）もっとも常識的、あるいは道徳的と思える選択肢を選んでいれば、そんなに外れた答えになることはない。だが、随筆ともなると勝手が違う。筆者の個性が色濃く表れるからだ。

この問題は日常に存在する「優しさ」について、ある哲学者が思いを巡らせた文章を扱ったものである。問題の答えは『ホ』なのであった。概して、ちゃんと問題文を読んでいない生徒が『フ』

を選びそうな問題だ。また、直後の段落に「優しさの感情に流されて自己に不利益になることがある」という内容がかなりの紙幅を割いて書かれており、その中に印象的に害虫の例が書かれているため、『へ』を選んでしまう生徒もいるかもしれない。だが、電車の中の青年の例は「他人に優しくして自己の安全を脅かす例」という文脈で語られており、その旨が、最終段落にも解りにくく書かれているのだ。実に細かい読み方をしなければ伝わらず、こういったタイプの問題には、月谷も中三の頃、苦労したものだった。

もっとも、『フ』や『へ』を選択したところで、『ホドサキシヨツピングモオル』が『フドサキ』や『ヘドサキ』になるだけであり、その不自然さから修正できるのだが。

「月谷センパイ！」

名を呼ばれて顔を上げると、織田楓さんだった。

「月谷センパイもここに呼び出されたんですかぁ？」

月谷はうなずき、今まで見ていた束を見せる。

「ほわぁぁ、国語！　ダメです私、全然ダメ！」

織田さんは、頭を抱えて大げさに振った。

「読めない、文章。小説も、新聞も」

「織田さんは、どんな問題を与えられたのですか？」

「数学ですよぉ」

Ａ４封筒から取り出されたのは、かなり難しそうな数式だった。

「中学生の学習内容で解けるものですか？」

「えーっと、それは無理かも。でも、高校生レベルです」

月谷は、数学が得意ではない。式から座標平面上に図形を描き、「領域」を求めるという問題は、たしかにやったことがあるかもしれないが、まったく覚えていない。

「犯人」は、しっかりそれぞれの得意ジャンルに見合った問題を用意したのだろう。大したものだ。

「あっ！」

再び、聞き慣れた声がした。

「二人も、ホドサキショッピングモールに呼び出されたんですか？」

人ごみの向こうから走り寄ってきたのは、本庄くんだった。彼は、走ってきたのかもしれない。鼻の頭に汗が浮かんでいた。

業間2.

二十人の生徒たちが黙々とシャープペンシルを動かして答案を書いている。

この静寂。この真剣み。

勉強とはかくあらねばならない。高校受験を目指す中学三年生とは、かくあらねば。

JSS進学塾の生徒たちは、こうではなかった。高校受験に対する意識が違う。遊ぶことしか考えていない。自分が中学生の頃とはだいぶ違った。あんな態度の生徒たちに勉学を教えよというのが、自分には到底無理な話だったのだ。

それに比べ、この芳心ゼミナールの生徒たちは違う。室長の厳しい指導もあり、「自分は塾に勉強しに来ているのだ」という意識をしっかり持っている。そういう生徒たちは飲み込みも早く、また、授業中も実に的を射た質問をするのだ。ＪＳＳ進学塾にも近衛美郷という、鋭くて全国模試でも好成績をマークした生徒がいたが、それ以外の生徒はまったく勉強に対する意識を持っていなかった。授業中、常に関係ない話をし、手を上げたかと思えば「先生には彼女がいますか」など、答える価値のない質問をする。……あれが中学生だろうか？　中学生とはもっと、意識を高く持って勉学に邁進《まいしん》するものだ。

模擬試験の解答づくりに没頭する生徒たちを見回し、一人うなずいた。

壁際の時計に目をやる。午前十一時。

「あと十分」

彼は告げた。生徒たちの間に緊張が走る。

普段の模擬試験ならば、時間が余って三、四回目の見直しをしているところだろうが、このアドバンス社の「最難関レベル模試」はそうはいかない。数学など、四十点も取れれば成績優秀者の部類に入るだろう。しかし、意識の高い生徒たちにとっては、こういう難問こそ刺激になる。そういう刺激を自分のものにできた生徒こそ、受験でしっかり力を発揮し、都内の有名高校に合格できるのだ。かつて自分がそうであったように。

この試験監督が終われば、今日のアルバイトは終わる。そして……そう、ＪＳＳ進学塾に出向かなければならない。

今頃、加賀見塾長はどうしているだろうか？　そして、あの塾の講師たちは……。

腕を組んで難問に取り組む生徒たちの姿を見回しながら、上高田倫司は、少し微笑んだ。

4
限目

話題の男

五人の学生講師たちが身代金の受け渡しを終え、ＪＳＳ進学塾に戻ってきたのは、午前十一時半になろうとしている頃だった。

加賀見成一は五人を迎え、スタッフルームではなく第2教室に集めて状況を聞くことにした。一時からは中二の授業が始まる。気の早い生徒が十二時半ごろにやってくるとしても、あと一時間は教室を使える。ちなみに教室を選んだのは、スタッフルームでは浜崎、小峰の派遣講師が二人、授業準備や教材作成に勤《いそ》しんでいるためである。派遣講師たちにも誘拐のことは一応報告したが、普段通りやってくれと指示してある。

「みんな、ごくろうさま」

加賀見はまず、五人をねぎらった。五人は疲れ切った顔をしていた。

「それで、どうだった？」

「犯人からの指令は、こなしましたが……」

一色くんが、コインを手の上でせわしなく弄びながら答える。

「連絡は？」

「我々のほうには来ていません。塾長のほうは？」

加賀見は首を振る。今さっきも受信ボックスをチェックしたが、教材会社からの営業メールが一つ入っているだけだった。

山下愛子ちゃんの母親からも連絡が来ず、いまだ、彼女が解放されたのかどうかわからない。不安は煽られるばかりだ。

「ほわぁぁぁ……」

間の抜けた声がして、織田さんが両手を机の上に伸ばした。ネコを思わせるようなそのしぐさ。

「五人とも、お腹が空いただろう？」

講師たちは顔を見合わせた。その通りだったようだ。

「ピザでも取ろうか」

「え？　やった」

真っ先に反応したのはやっぱり本庄くんだった。加賀見にとっては、学生講師になった今でも、彼は子どものようなものだった。

「ちょっとタクロー、遠慮しな」

「いてっ」

西川さんとのやりとりも、まるで変わっていない。その様子を見て、朝から張りつめていた気分が、少し和らいだ。

「いいんだ西川さん。とにかく、お昼でも食べて元気を出さなければ。九時から今までの報告は、ピザを注文してから聞くことにしよう」

加賀見としては、五人へのねぎらいの気持ちを表すつもりだった。

ピザを頼んで、一息つき、いよいよ受け渡しの様子を聞くことになった。

「犯人」はファミレスから一人一人に時間差で電話をかけ（五人の携帯電話の番号は、犯人の指示により、昨晩送信済みだ）、バラバラの場所に呼び出したそうだ。月谷さん、本庄くん、西川さん、一色くん、織田さんの順だ。

「私が行くように指示されたのは市民図書館でした。『日本大百科事典・や〜ゆ』に挟まっているA4サイズの封筒を取り、中の国語の問題を解けとのことでしたので、これを」

月谷さんが見せたのは、数十枚にわたる国語の問題だった。それを解くと、同じ図書館内にある研修室のロッカー仕様の靴箱の1番の中に千円分の一円玉を置き、ホドサキショッピングモールへ来るようにという指示になる。

「それで、ホドサキショッピングモールの広場へ行きました」

他の四人も、時間差で別々の場所へ行って「問題」を解くように指示されたのだそうだ。

本庄くんは市営球場。同じくA4封筒の中の理科の問題を解くと、球場裏の排水溝の中に一円玉の袋を置いてホドサキショッピングモールへ。

西川さんは東川島団地のゴミ置き場。問題は彼女が大得意な世界の国の国旗と首都に関する問題。こだわりのあるジャンルのことだから時間がかかってしまったらしいが、東川島団地第四棟の屋上、貯水タンクの下に一円玉の袋を置いてホドサキショッピングモールへとの指示。

一色くんは扇団地の南の商店街の閉鎖店舗の庭。問題は一色くんの得意分野・歴史上の人物名。一円玉の袋は豆腐屋（本日休業の札が下げられていたそうだ）の前のゴミ箱に入れよとの指示。そのあとはやはりホドサキショッピングモールへ。

最後の織田さんだけ、少し変わっていた。

彼女が足を運ぶように指示されたのは、ずっと待たされていたK&Lキッチンの駐車場で、そこにあった自転車のカゴに封筒が入れられていた。問題は彼女にとっては取るに足らない数学の座標平面のもので、出した答えはホドサキショッピングモールを表していた。

五人全員がホドサキショッピングモールに集合したのは、西川さんが二分遅れたために十時四十二分だった。

「ちょっと待った」

ここまで聞いて、加賀見は五人の説明を止めた。

「織田さんの問題には、一円玉をどこかに置けという指示はなかったの?」

「ふわぁぁ、そうなんですぅ。それでみんなに嘘だろってなじられたんですけどぉ……」

「結果的に嘘じゃなかったんだよな」

「はい」

織田さんは明らかにこういう話を簡潔にするのが苦手だ。加賀見は一色くんに先を進めるように促した。

＊

「リマとリロングウェ、どっちが北か、最後までわからなくて……」

二分遅れでやってきた西川は気まずそうにストレートの前髪を整えた。

「お前ね、問題にこだわってる場合じゃないんだよ。ケータイで調べられるだろ」

本庄が責めた。

「いやっ。わからないことがあるとなんでもケータイで調べるようになったら、人間ってどんどんバカになると思う。少なくとも私、世界地理には誇りを持ってるから、そんなことできない」

「何の誇りだよ」

「一色さんなら、私の気持ち、わかりますよねー?」

一色には西川の気持ちがわからないでもなかった。一色自身も人名の問題を携帯電話を使って調べるというようなことはしなかった（単純に時間がかかるという理由だが）。彼女の世界地理にかける情熱は、この中では少なくとも一番自分がわかっていると一色は自覚していた。だが、今は誘拐事件の最中《さなか》。たとえ犯人が上高田だとしても、時間を守らずに神経を逆なでするのは得策ではない。

「西川には、一円玉をどこかに置いてこいという指示があったのか?」

一色は尋ねた。

「はい。東川島団地の第四棟の貯水タンクの下に。……階段しかなかったから、疲れちゃいましたよ」

「そうか」

「やはり、織田さんはどこかに一円玉を置いてくるべきだったのではないでしょうか」

月谷が織田を見る。

「そんなぁ。月谷センパイも見たじゃないですかぁ。私の封筒、この紙しか入ってなかったんですよぉ」

織田はすでに半べそをかきそうになっていた。彼女だけいまだに一円玉が千枚入った袋を持っているのだ。織田はヒヨコがでかでかと描かれた黄色いバッグの中から巾着袋を取り出そうとした。

「どこで犯人が見ているかわからないから、外に出すんじゃない」

一色は巾着袋をヒヨコのカバンの中に戻すように織田に指示した。

「犯人って言っても、もう、上高田確定じゃないすか」

鼻で笑ったのは本庄だった。

「こんな人をバカにするような問題、あいつしかありえないっす」

「私もそう思う。上高田くん、中学の頃、私に世界地理の知識、かなわなかったこと、相当根に持ってると思うね」

西川がうなずいた。

「リマとリロングウェなんて、絶妙な問題を出してきてさ」

まだこだわっているようだ。

トゥルル！　トゥルル！

電子音が聞こえた。月谷の携帯電話だ。

「犯人か？」

「ええ、そうみたいです」

月谷はすぐさま操作をし、携帯電話を耳に当てた。

「もしもし」

一色たち四人は、黙って彼女の顔を見つめる。

「はい……はい……」

言葉少ない対応。月谷は四人に背を向け、広場の背後に位置する「デュアリ君川」という四階建ての大型ショッピング施設を見上げた。食料品から日用品、衣料、家電、書籍まで買うことができる、いわばホドサキショッピングモールのメインの商業施設である。

「わかりました」

電話を切る月谷。そのまま、四人のほうを振り返る。

「全員で、四階のゲームコーナーまで行けとのことです」

「ゲームコーナー？」

月谷の先導で一同は歩き出し、デュアリ君川の中へ入った。一階にはカフェと和風レストラン、それにイタリアンレストランがあり、そろそろ昼どきなので混みはじめている。

五人はエスカレーターに乗り、四階を目指した。西川と本庄がせわしなくキョロキョロしている。

「おい、どうして周りを気にしているんだ？」

「だって、どこに上高田のヤツがいるか、わからないじゃないですか」

「そうそう。見つけたらその場で取り押さえてやりましょうよ」

二人も一色と同じく、上高田が犯人だと確信しているようだ。だが、どうして一度バラバラにした五人をもう一度集めるだなんて回りくどいことをしなければならなかったのか、それだけが疑問だ。恨みあるＪＳＳ進学塾の講師たち（しかもそのうち二人は同級生）を翻弄して楽しむのが目的と言われればそのような気もするのだが、第一、五か所に分けた一円玉を回収するのだって手間じゃないだろうか。

「ゲームコーナーはこの奥だそうです」

月谷の先導で、五人はシューズショップや書籍コーナーの脇を進んだ。ひとつ角を曲がると、たしかにゲームコーナーが見えてきた。ＵＦＯキャッチャーやカーレースゲーム、その他こまごましたゲーム機が広くないスペースに並んでいる。土曜の昼だというのに、小学生たちが二、三人遊んでいるだけだった。

「あまり、繁盛していないみたいだな」

「そりゃ、去年、『コスモアゴラ』ができたからでしょ」

本庄が口にしたのは、駅の南にできたゲームセンターの名前だ。一色も名前くらいは知っていたが、行ったことはない。

「今、中高生はみんなあっちに行ってますよ」

どうりで、こちらはさびれているわけだ。

「ジャンケンゲームがあるそうなのですが」

月谷が言うと、織田がすぐに「あっ、たしかこっちにありますよぉ」と、勝手に歩いていく。大《お》仰《ぎょう》なブーツと派手な服はやっぱり目立つ。

現れたのは、かなり年季の入ったジャンケンゲームだった。豆電球もいくつかオフになっている。

「この、メダル受け取り口に巾着袋を置いておけという指示でした」

「えええっ」

織田が大声を出す。一色は、向こうで遊んでいた小学生たちの視線が気になった。

「こんなとこに置いといて、誰かに見つかったらどうするんですかぁ」

「わかりません。ですが、犯人はそのように言っていたのです」

織田はヒヨコのバッグの中から一円玉の巾着袋を取り出し、しゃがみ、もう一度四人の顔を見上げた。

「いいんですよね」

一色はうなずき、小学生たちのほうをもう一度見たが、もうその姿はどこにも見えなかった。

「ちょっとここら辺で張り込み、してません？」

「それはできません」

本庄の提案を、月谷がすぐに否定した。

「どうしてですか？」

「犯人は〝モシ見張ッテイタリシタラ、山下愛子ノ……〟」

「〝命ハナイ〟ですか」

ため息まじりに言葉を継ぐ本庄。だが月谷は首を横に振った。

「〝未来ハナイ〟と言っていました」

「未来？」

「あのぉ、置きましたけど……」

織田はすでに立ち上がっていた。

「このあとはどうすればいい？」

「はい。犯人は、〝タダチニ、ＪＳＳ進学塾へ戻ルヨウニ〟と、指示をしていました」

言いなりなのは悔しいが、一色は無言のまま、四人を促した。

＊

「置いてきた一円玉の行方については、わからないんだね？」

加賀見は五人に尋ねる。織田さんはカバンの中から出した手帳に、得意のクマの落書きを描いていた。

「はい。万が一、犯人と遭遇して、指示を破ったということになるとまずいと思ったので」

一色くんが顔をしかめながら答えた。賢明な判断だったと言えるだろう。

「どうせ上高田っしょ」

「そうそう、そうに決まってる」

本庄くんと西川さん。

――やはり、上高田くんなのだろうか？

実は上高田くんについては加賀見も気になっていた。そして、五人が犯人の指示通りに動いている間に、上高田くんの家に電話をしてみたのだ。

お母さんが出た。

上高田くんは今、どこかの塾でアルバイトをしているのかと聞くと、芳心ゼミナールで働いているとの返事が返ってきた。案の定と言おうか何と言おうか……。

彼がこのＪＳＳ進学塾をやめた理由は、加賀見にはわからない。昨年の秋ごろ、突然「やめさせてください」と言い出したのだった。だが、今、別の塾でアルバイトをしているということは、塾講師という仕事そのものが嫌になったのではなく、この塾に何らかの不満があったのであろう。上高田くんの性格、あるいは勉強というものに対する真面目な態度からかんがみるに、やはり成績下位のクラスの生徒たちの授業態度が気に入らなかったのだろうと、加賀見も考えていた。

「塾長？　大丈夫ですか？」

いろいろ考えていると、本庄くんが声をかけてきた。

「あ、ああ、すまない」

考え事をしていると黙り込んでしまう癖がある。

教室の後ろのドアがノックされた。顔を覗かせたのは、派遣講師の浜崎先生だった。

「塾長、お客様がいらしています」

時計を見ると十二時十分だった。ピザが来たか。財布を取りにいかなければ。

腰を上げると同時に、浜崎先生の後ろから、ひょっこり顔がのぞいた。

「どうも、お久しぶりです」

その顔を見るなり、「えっ」と声を上げてしまった。

加賀見だけではない。

教室の中の五人……いや、手元の落書きに集中している織田さん以外の四人が「えっ」と声をそろえた。

「あれ……西川と、本庄」

彼は意外そうな声を出した。脂肪のついた二重あご。丸い顔に銀縁のメガネ。細いまなじり。なぜか、スーツに身を包んでいる。

「久しぶりだな」

その顔は紛れもなく、山下愛子ちゃんを誘拐した「犯人」として一番疑われているはずの、上高田倫司くんだった。

「てめえっ！　上高田！」

「えっ。いきなりなんだよ、本庄」

数秒後、上高田くんは本庄くんに胸ぐらをつかまれていた。

＊

勉強を好きになることができたのはＪＳＳ進学塾のおかげだと、上高田倫司は本気で思っている。

小学生の頃まで、上高田は英会話の塾に少し通っただけで、しっかり勉強をした記憶はない。中学校に上がり、突然学習内容が難しくなって悩んでいた頃、母親が知り合いから聞きつけてきたＪＳＳ進学塾という小さな個人経営の塾に通うことになった。

学生であることを包み隠さない講師たち。その中でも特に上高田は、福山先生という理数系の講師の授業に衝撃を受けた。学校の教師から何度説明されても理解できなかった、光の反射の問題や圧力、浮力の問題が、福山先生の柔和な顔から繰り出される説明を聞くとすんなりと頭に入ってくる。上高田の理科の成績はどんどん上がっていった。福山先生に勧められて購入した『ベストη《イータ》シリーズ・中学理科』という参考書はとても難しかったが、知らない世界を上高田に見せてくれ、何度も読みかえそうという気持ちにさせてくれた。

　そうなると勉強が楽しくなるのは必至で、彼は加賀見塾長の出す英語・数学のプリントも必ず一番早く、しかも正確にこなせるようになった。社会の地理・歴史の暗記は得意ではなかったが、家でのわずかな時間も惜しんで一生懸命覚えこみ、年表はそらで言えるくらいにはなった。一番困難だったのは国語だったが、二年生の頃からJSS進学塾で教えるようになった敷島《しきしま》という講師の説明を自分なりに噛み砕くことで文章の骨子を読み取るコツをつかむこともできた。クラスの他の生徒たちが「こんなの勉強しなくてもしゃべれればいい」などと決まり文句のように嫌ったのは文法だったが、他人が苦手というものほど意地になってモノにしたくなる性格が幸いして、助詞の分類や助動詞の活用まで完ぺきに頭に入れた。

　学校の成績が上がるのは当然だった。上高田は一年生の後半から、定期テストはずっと学年トップの成績を維持し続けた。

　すると、必然的に新たな問題が生まれてくる。

「お前、そんなに勉強なんかして、楽しいの？」

「上高田くんって、勉強以外に、楽しいことあるの？」

　学校でも塾でも、そんな言葉をかけられるようになるのだ。彼らは形ばかりの努力をして効率が上がらないために、成績上位者に対して皮肉を言いたくなっているだけだ。上高田にはそんなことは明らかすぎるほど明らかだったのだが、たしかに趣味らしい趣味もないし、部活もやっていなかったために「いや」と返事をする。

　すると他人の反応はお決まりだった。

「暗いな、お前って」

「やだ、気持ち悪い」

これだ。

自分は成績を上げる努力もせず、低迷したまま同じレベルのクラスメイトとつるむという楽な道を選んでいるくせに、成績のいい者を貶《おとし》めることによって相対的に自分のほうが上だと位置づけたがる。

周囲のこの行為にうまい対処が思いつかず、上高田にはたしかに中学生の頃、友人と呼べる存在がいなかった。

だが、これでふさぎ込んでしまうほど自分は弱くないと、上高田は知っていた。

「お前たち、こんなのもわからないのかよ」

こういう言葉でやり返すようになった。控えめにしているから周囲の人間がつけあがるのだ。だから、いくら俺を貶め、相対的に自らの価値を上げようと頑張ったところで、お前たちは成績においては下なのだ、ということを思い知らせなければいけない。

「お前たち、こんなのもわからないのかよ」

成績を鼻にかけようと思ったことなど一度もない。これは上高田にとって、「守り」のための言葉だったのだ。

やがて周囲はあきらめ、ますます上高田を敬遠するようになった。

ＪＳＳ進学塾で同じクラスの西川麻子という女子生徒が、世界地理が異常に得意であるということを知ったのは中二の夏休み前だった。周りの生徒がはやしたて、西川と上高田を世界の首都当てクイズで対決させたがった。上高田は、主要な国の首都名はもちろん押さえていたが、定期テストや模擬試験に出そうにないアフリカやカリブ海の小国までは知らなかった。

結果は上高田の圧倒的な敗北だった。自分は何もしようとしないくせに西川を盾にささやかな代理戦争を仕掛け、勝利したという幻想を得た群衆たちは歓喜した。

もちろんそのあと、地図帳の隅から隅まで記憶して、西川を打ち負かすことも可能だったはずだ。だが上高田はそれをしなかった。その知識のまま西川に再戦を挑み、返り討ちに遭うということを繰り返した。あとになって思えば、そこに何かしらのコミュニケーションの糸口を見出そうとしていたのかもしれない。

だが、その戦いを友情めいたものに発展させるすべは、どんな参考書にも書かれていなかった。上高田のこの行為は、ただ「上高田が他人に負ける唯一の勉強勝負」としか、何も知らないやつら（おそらく西川麻子も含めて）には認識されなかった。

これが、上高田の中学時代だ。

東京の高校に進学し、上高田にもようやく、友人と呼べる存在ができた。やはり同じレベルの生徒同士なので、共通の話題も多いし、誰かが好成績を取ったところであの群衆たちのように「他に楽しいこと」を引っ張り出してきて貶めようとなどしなかった。みな、努力の大切さを知っていた。

はれて第一志望の国立大学に進学し、ＪＳＳ進学塾でアルバイトをしようと思い立ったのは、やはり福山先生や加賀見塾長に対する尊敬があったからである。いくら上高田が孤立しても先生方はその実力を認め、伸ばしてくれたし、そもそも勉強に開眼させ、努力のやり方を教えてくれたのはこの塾に他ならないからである。

だからこそ、実際に教える現場に立って、上高田は驚いた。

生徒たちの意識が低すぎるのだ。ノートは取ろうとしない。余計なことばかりしゃべる。宿題も課題もただ「やりすごす」だけで、覚えようとする努力も復習する意欲もなく、テストで同様の問題が出てもまったく解けない。これでは効果が上がらないのは当たり前だ。

しかし、本当に上高田を愕然《がくぜん》とさせたのはそこではなかった。

上高田は気づいてしまったのだ。ＪＳＳ進学塾に通っていなければ、自分もこのような生徒に成り下がって三年間を過ごしていたのではないかと。自分が勉強を好きになったのは、福山先生をはじめとするＪＳＳ進学塾の講師陣の教えがあったからこそではと。

そして自分には、こういう生徒たちの気持ちを勉強に向かせる技も魅力もないのではないかと。

上高田の焦燥は、同時に働いていた二人の学生講師によってさらに煽られることになった。

英語、国語担当の月谷さんは、誰にでも変わった敬語を使う女性だった。国語の文章問題の論理的な解法を指導するのに、まったく理解せず、意欲すら見せない生徒にも、自分のスタンスを変えることなく根気よく丁寧に接する力。よく我慢ができるものだと不覚にも感心してしまった。

社会担当の一色さんは、『年号語呂合わせテキスト』なるものを自分で編集して生徒に配っていた。マンガのようなイラストつきの冊子は生徒たちに人気があり、勉強好きでない中学生たちのやる気を確実に伸ばしているように見えた。

自分には、二人のような力はない。意欲のない子を勉強に惹きつけるという点では、完全に劣っている……。

上高田は、意欲のない生徒たちに当たるようになってしまった。

「お前たち、こんなのもわからないのかよ」

この言葉は今や、自分の講師としての尊厳を保つためのものになっていた。

「あまり生徒に強い言葉をかけてはだめだ。楽しく勉強をする環境を整えてやらなければ」

そうたしなめた一色さんに対し、上高田は反発した。

「生徒の成績を伸ばすことを第一義とすべきだと、俺は思いますがね」

半年後、上高田はJSS進学塾をやめ、もともと勉強に対する意欲を持つ生徒の多い、大手の進学塾・芳心ゼミナールで講師をすることになった。

失意と表現するのは大げさだった。自分にはJSS進学塾より芳心ゼミナールのほうが向いているのだ。意欲のない生徒に意欲を持たせるのではなく、もともと意欲のある生徒の実力を、最大限引き出して伸ばす指導。これが勉強というものだ。これが学習塾というものだ。そう自分自身に言い聞かせることにし、事実、芳心ゼミナールでは室長や他の講師たちに信頼されるまでになった。

そして上高田はこの夏、芳心ゼミナールの夏期講習において「特別授業」の専任講師の役を任されることになったのだ。科目は「理科」。三年生上位クラスの中でも、特に理科の成績に伸び悩んでいる生徒たちを集めて行う集中授業である。

夏期講習に向けて自分なりの授業内容をまとめたノートを作っておこうとしたとき、上高田はあることに気づいた。中学校時代に愛用していた『ベストㇰシリーズ・中学理科』が、自室の棚にないのである。JSS進学塾に勤めていた頃、うっかりスタッフルームの共有本棚に入れっぱなしにしていたのだ。新しく買おうと思ったが、すでに絶版で本屋でもネットでも手に入れることができないことが判明した。それに、使い古したさまを生徒たちに見せて、「自分は中学の頃、これだけ勉強したんだ」と鼓舞したいという気持ちもあった。福山先生に内容について質問をした思い出もある。

　ＪＳＳ進学塾を去って一年も経っていないから、まだ残っているかもしれない。捨てられていたらそれまでだが、とにかく取りに行ってみよう。

　折しも、土曜日はいつもの授業ではなくアドバンス社の模擬試験の試験監督の仕事だけで、午前中で終わりだった。授業の始まる午後一時より前にＪＳＳ進学塾を訪れれば、迷惑をかけることなく参考書を取って帰ることができるだろう。久しぶりに加賀見塾長にも挨拶をしておきたい。

　予定通りに昼までで芳心ゼミナールの仕事を終え、スーツ姿のまま徒歩圏内にあるＪＳＳ進学塾に赴《おもむ》き、扉を開いた。受付には誰もいず、すぐ後ろにあるスタッフルームの扉を開けて中に声をかけた。派遣講師の浜崎先生がいて、「久しぶりだね」と言ってくれた。

　塾長は、講師たちと特別ミーティング中だというので、浜崎先生に先導されてその教室に行き、顔を覗かせた。

「どうも、お久しぶりです」

　教卓についていた加賀見塾長は、上高田のほうを見て、

「えっ」

　声を出した。

　なんだろう？　自分がここへ来たのが意外だったのか。それはそうかもしれないが、それにしても異様な反応だ。

　塾長に呼応するように、その場にいる五人の講師たちが、上高田の顔を見た。

昨年、一緒にここで教えていた一色さんと月谷さん。顔を知らない、恐らく年下の、ピンクの水玉の模様をたくさんあしらったワンピースを着て、頭に大きなリボンをつけている女の子。そして、その隣に座っている二人の顔を見た瞬間、懐かしさが上高田の鼻先をくすぐった。

「あれ……西川と、本庄」

西川麻子。髪の毛は茶色くなり、格好もだいぶ女子大生らしく垢抜けているが、気の強そうな太い眉毛は変わらない。その隣の本庄拓郎にいたっては、中学の頃から何一つ変わっていない。

「久しぶりだな」

黙っているのも無愛想だと思い、声をかけた。すると本庄拓郎が、急に怒ったように椅子を倒して立ち上がり、上高田のほうへ近づいて来た。シャツと襟首が乱暴につかまれた。

「てめえっ！　上高田！」

「えっ。いきなりなんだよ、本庄」

上高田は驚いて、それしか返すことができなかった。

西川麻子もただならぬ雰囲気で近寄ってくる。

「上高田くん、よくもリマとリロングウェなんて問題、出してくれたよね」

「はっ？」

「ケッペンの気候区分の世界地図を頭の中に思い描いて、おそらく両方とも乾燥帯だろうってことはわかったけれど、それぞれ事情が違うから、緯度の微妙な差までは判断できなかったよ」

強気な顔から飛び出してくる世界地理の話。……コイツ、相変わらずだな。

それにしても、何の話だろう？

5
限目

新たなる犯行

ピザが配達されてきたのは、上高田くんが教室にやってきてから一分もしないうちだった。加賀見は代金を支払い、一色くんと織田さんに頼んで第2教室に運んでもらった。浜崎先生と小峰先生にも声をかけたが、二人は弁当を持ってきているそうだ。

「誘拐?」

冷蔵庫の中からウーロン茶のペットボトルを取って教室に戻ると、西川さんと本庄くんの二人が上高田くんに事件のあらましを説明しているところだった。もうこの塾に関係のない彼ではあるが、先ほど本庄くんが胸ぐらをつかんで喧嘩腰になったいきさつから、説明しなければいけない状況になったのだ。

山下愛子ちゃんのことは、上高田くんはまったく知らなかった。それも当然だ。彼女は今年の四月からJSS進学塾に通い始めたのだし、そもそも上高田くんは小学生の授業自体を持ったことがない。

「そんな事件を俺が起こすと、本気でお前たちは思ったのか?」

上高田くんは自分が悪くない立場であると判断するなり、本庄くんと西川さんに対して高圧的な態度になった。彼らが中学生の頃によく見た光景だ。こうなると二人は弱い。

「……ごめん、上高田くん」

「うわぁ、おいしそう」

萎縮する西川さんの横で、織田さんはピザのパックを開けて叫んでいる。Ｌサイズのミックスピザとシーフードピザ、それにもちチーズピザを一枚ずつ頼んだが、多かっただろうか？　ふと見ると、一色くんはその横で紙コップを三つほど伏せて並べ、得意のマジックの動きをしていたが、月谷さんがウーロン茶のキャップを開けるとそれをやめてウーロン茶を注ぎ出した。

「上高田くんも食べるか？」

加賀見は尋ねた。

「いいんですか？」

上高田くんは遠慮する様子も見せなかった。芳心ゼミナールでの仕事帰りだということだから、食事はまだなのだろう。

「塾長、いいんですよこんなやつ」

「まあまあ本庄くん、疑いをかけてしまったお詫びだ」

本庄くんは不満そうにしていたが、それ以上は何も言わず、椅子を引いて腰かけた。

スタッフルームのほうで固定電話の音が聞こえた。浜崎先生か小峰先生が対応するだろうが、塾のスケジュールの質問や欠席の連絡ならば、自分が受け取らなければならない。個人経営の塾だと、何かと一人でやることが多いのだ。

「先に食べていていいから。それから、隣の第１教室で自習している生徒に見つからないようにね。うるさいから」

加賀見はそう言い残し、第2教室を出て、スタッフルームに向かう。小峰先生がコードレス電話の子機を持って出てくるところだった。

「コピー機会社の営業の方です」

塾を経営していると、いろいろなところから電話がかかってくる。加賀見は子機を受け取り、対応した。コピー機の調子はどうかという、単なる機嫌うかがいの電話だった。廊下に立ったまま、適当に返事をして会話を切り上げる。

電話を切って、ふと入り口のほうを見ると、スライド式のドアがガラガラと開くところだった。気の早い生徒がもう来てしまったのだろうか？

入ってきたのは、たしかに生徒だった。

――！

その顔を見るなり、立ち尽くしてしまった。

「愛子ちゃん！」

加賀見は叫んで近づき、彼女の肩をつかんだ。

弱々しい目で加賀見の顔を見上げるその少女は、まぎれもなく、昨日「誘拐」されたはずの、山下愛子ちゃんだった。

「無事だったの……」

へなへなと腰が抜け、膝をつく体勢になった。愛子ちゃんは無表情のままだ。

「おうちには、帰ったの？」

愛子ちゃんは首を振る。

「お母さんには、会った？」

また、首を振る。

「じゃあ、とにかく連絡しなきゃ」

と、立ち上がったとき、

「ほわっ！　愛子ちゃん！」

背後から織田さんの声がした。

そして第2教室から、講師たちがわらわらと出てきて、愛子ちゃんを囲んだ。加賀見の声が教室内に聞こえたのだろう。

「帰ってこれたんだ、よかったねー」

興奮しながら口々に言う五人。

「私たちのしたことは、最終的に『犯人』さんに認められたって、ことなんですかねぇ？」

織田さんはきょろきょろ見回しながら、誰にともなく尋ねる。

「塾長、犯人から連絡メール、来てないんですか？」

一色くんが言ったそのとき、加賀見の胸ポケットの中の携帯電話が「メール着信」の音を告げた。

これは、携帯電話ではなく、パソコンにメール着信があったときの音だ。

犯人からに違いない。

加賀見は待ちきれず、携帯電話を操作した。普段はパソコンのメールをこれで見ることはないのだが、スタッフルームに帰るのがもどかしかったのだ。

不思議なタイトルのメールが一件、受信ボックスに届いていた。

「山下愛子の件　もう一人の生徒の件」
なんだ、このタイトルは。
焦る気持ちを抑えて開いてみる。
「JSS進学塾　塾長様
五千円分の一円玉は滞りなく回収した。
山下愛子は、約束通り返した。
だが、今回の受け渡しの際、
ひとつ、私の指示を無視していただろう。
五人の塾の講師以外の人間が一人、
K&Lキッチンにいることを私は確認した。
私は、憤慨している。
そして、今、その生徒を預かることにした。
彼女を返してほしくば、
今度は現金二万円を用意しろ。
受け渡しについては、夕方四時前、再びメールをする。
なお、警察や家族にこのことを言えば、
彼女の命はない。」
一体、犯人は何に怒っているのか？　……そして、また誰かが誘拐された？

その……「彼女」とは？

めまいを覚えながら、添付されていた画像ファイルをタッチして開く。

黒い革張りのソファーの上に、見覚えのある生徒がぐったりとしていた。

三年生、Ｓ３クラス、近衛美郷ちゃんだった。

＊

ほわぁぁっ！　一難去って、また一難ってやつ。

でもとにかく、山下愛子ちゃんが帰ってきたのは、よかったぁ……。

楓たちは十二時四十分頃に、第２教室からピザごとスタッフルームに移動してきていた。直後、中一と中二の生徒たちがわらわらと塾にやってきた。

そして現在、午後一時十五分。中一と中二の授業が始まって、ＪＳＳ進学塾の四つの教室はフル稼働中。

今日の中一は理科と数学。タクローセンパイと、本当は塾長センセイなんだけど、緊急事態なので浜崎センセイに代わってもらっている。中二は国語と社会。小峰センセイと、西川センパイだ。授業は一時間十五分ずつ二コマで、三時半まで。そのあと、三十分で生徒が入れ替わって、四時からは中三の授業。……なんだけど、美郷ちゃん、誘拐されちゃったんだって、どうするのぉ？　考えてみれば、Ｋ＆Ｌキッチンの駐車場で楓と別れた直後に美郷ちゃんはさらわれたんだぁ。これって、やっぱり、楓のせい？　タクローセンパイや一色センセイがずっと疑ってた上高田さん（この人もセンパイだぁ）はもう犯人じゃないことが明らかだし、美郷ちゃん、怖い思いしているかなあ。

今現在、スタッフルームにいるのは塾長センセイと楓の他に、一色センセイ、月谷センパイ、あと、上高田センパイと、お母さんを待っている山下愛子ちゃんだ。

愛子ちゃんはさっきから無口なまま。ピザもミックスピザを一口食べただけでずっと俯いている。「玉ねぎ、嫌いなの？」って聞いたら、「違うだろ」って一色センセイに怒られた。しゅん……。

さらわれたときの様子なんかは、さっき塾長センセイが尋ねていたけれど、愛子ちゃんの小さな声でぽつりぽつりと語られたこの一晩のことは、楓にとってはかなり刺激の強い話だった。

愛子ちゃんはこの塾まで一人、バスで通っている。昨日も停留所でバスを待っていたのだけど、突然ハンカチで口を押さえられて、気を失ってしまった。目が覚めたら薄暗いマンションの一室のような部屋のソファーに寝かされていて、手足を縛られていた。声を出そうと思ったけれど、普段大きな声を出し慣れていないからそんなこともできず、怖くて震えていたら、ドアが開いて目出し帽を被った男の人が入ってきた。彼は愛子ちゃんの手足のロープを解くと、「トイレはそのドアだ」って言って、自分が入ってきたのとは逆の壁のドアを指差した。そのあと、ソファーの前のテーブルの上にパンを置いて出ていき、廊下に通じるドアに鍵をかけた。

愛子ちゃんは逃げ出せないかといろいろ考えたけれど、携帯電話も取り上げられていたのであきらめて、お腹が空いてきたからパンを食べて、怖かったけど眠っちゃった。肩をゆすられて起きて、「帰してあげよう」と促され、目隠しをされて連れ出された。車に乗せられたのは覚えているけれど、どこをどう走ったのかはわからない。降ろされて、奪われていた携帯電話を握らされて、「百まで数えたら目隠しを取っていい」って言われたので数を数えはじめると、車がどこかに走り去る音が聞こえた。数え終わって目隠しを取ると、このＪＳＳ進学塾の近くの公園の前にいた。それで、塾にやってきたのだ。

ずいぶん怖い思いをしただろうけれど、涙を流す様子はまったくない。そういう感情表現は苦手なのかもしれないなぁ。楓はなんとか元気づけてあげようと思って、コピー機の脇から計算用紙を取ってきて、べるくまちゃんを描いてあげたけど、まったく反応なし。しゅん……。

もうすぐお母さんが迎えに来る。

もう自分に、愛子ちゃんを元気づけるすべはない。で、近衛美郷ちゃんが誘拐されたことに、なんとなく責任は感じているけれど、自分には何もできない。

とにかく気分を落ち着かせようと、楓は四時からの中三数学の授業計画をなんとなく立ててみることにした。

今日は、「三平方の定理」だぁ……。そんなに難しくないとは思うんだけど、実際に生徒に理解してもらうための説明は難しい。

「ねえ一色センセイ」

「どうした、織田」

一色センセイはせわしなくトランプをシャッフルしている。よく見るといろんな国の国旗が描かれている。犯人さんが、西川センパイに解かせた問題のものだ。リマとリロングウェってどこにあるんだろうなぁ。

「センセイ、初めて三平方の定理を勉強する生徒に、どうやって授業します？」

すると一色センセイは手を止め、楓のほうをキッと睨《にら》み付けた。

「俺に、聞くんじゃない」

「えぇぇ？　西川センパイには、授業のやり方、優しく教えてあげてるのにぃ」

「数学は苦手なんだ」

「えぇ、ねぇ、月谷センパイ、なんとか言ってくださいよぉ」

月谷センパイはオレンジ色の縁のメガネに手を添えて、ふっと息を吐くだけ。もうすでに白衣を着込んで、中三の授業への臨戦態勢。

「せっかくだから、上高田に聞いてみたらどうだ？」

「え？」

その上高田センパイは、さっきからずっと、スタッフルームの棚から棚、それにあちこちに積んである段ボール箱まで引っ掻《か》き回して、探し物をしている。この塾に置いていってしまった理科の参考書を探しているんだって。愛子ちゃんがさらわれた状況は、聞いていたのかいないのか。

「ねえ上高田センパイ」

ちょっとの間一緒にいて、もちろん彼が犯人じゃないし、それどころかみんなが言うほど意地悪な人じゃないってことが楓にはわかっていたから、思い切って話しかけてみた。

「あ？」

銀縁メガネの上にかかる前髪。丸々太った顔に細い目。やっぱり怖い。リボンをつかみ、ふぃぃぃっ、と、深呼吸。

「あの、三平方の定理なんですけどぉ……」

「君、『ベストｶシリーズ・中学理科』というタイトルの参考書、知らないか？」

遮るような質問。……うーん、知ってるような知らないような。あっ。

「そう言えば受付の横に、高校入試問題とか問題集の貸し出しの棚、ありますよね。あそこに置いてあった気がしないでもないでもないでもないでもない」

「何？」

「それで、三平方の定理なんですけど」

「あとにしてくれ」

上高田センパイは楓の質問に答えてくれることもなく、せわしなくスタッフルームを出ていった。と、入れ違いに、見覚えのある顔が入ってくる。

「すみません」

「ああ」

塾長センセイが、パソコンの前から立ち上がって出迎えた。

山下愛子ちゃんのお母さんだった。

すっと立ち上がる愛子ちゃん。そして、彼女は、お母さんのもとへと歩みよった。

「愛子……」

お母さんは愛子ちゃんを見て、手を伸ばした。

塾長センセイも一色センセイも月谷センパイも、二人の様子を黙って見ている。

すると、愛子ちゃんはお母さんの体に抱きついた。

「……お母さん」

小さなつぶやき。お母さんもその背中に手を回す。

昨日は冷たい感じだったお母さんだけど、やっぱり、親なんだ。無口な母娘だからこそ成立する、親子愛。楓にもそれが、ひしと伝わってきて、目頭が熱くなる。

「本当に、愛子のために、ありがとうございました」

お母さんは、昨日と同じ冷たい言い方。だけど、あったかい。

「よかったですね」

塾長センセイも笑っている。だけど、その表情はフクザツ。

「あの、山下さん」

「はい?」

「実は、事情がありまして、警察にはまだ秘密にしておきたいのですが」

事情ってのが、新たに美郷ちゃんが誘拐されたことだっていうのは、楓にもわかった。愛子ちゃんのお母さんは、別に不思議そうな顔もしていない。

「そうですか」

「よろしいですか?」

「ええ。塾にお任せします」

ふぃぃぃ。またこの一言。一色センセイも月谷センパイももう慣れたようだった。

「それでは、お世話になりました」

愛子ちゃんのお母さんは深々と頭を下げると、愛子ちゃんを促して、出ていった。

一色センセイはなぜか、そんな愛子ちゃんの足元を見つめているようだった。センセイ、水色のカワイイ靴なんかに、興味あるんですか？

＊

上高田倫司は、織田楓が教えてくれた受付脇の「貸し出し問題集・参考書」の棚の中をくまなく探したが、やっぱり『ベストηシリーズ・中学理科』は見つからなかった。だが塾長は、ここ一年は新たに問題集や参考書類を捨てた覚えはないという。「そろそろ整理をしなければとは思っているんだけどね」と答えたが、「今はそんなことを話している場合じゃない」という気持ちが、表情にありありと浮かんでいた。当然だ。生徒が誘拐されているのだから。

山下愛子という名の小学生は母親と共に、先ほど上高田の脇をすっと通り、スライド式のガラス戸を開けて帰っていった。挨拶も、会釈《えしゃく》もなかった。別に上高田はもうこの塾の講師ではないから気にすることもないが、陰気な母娘だと感じた。それにあの、山下愛子という女の子の話の内容は、先ほどスタッフルーム内でちらちら聞いていた限り、どうも怪しい。白分には関係のないことだが。

それにしても本当に参考書類の多い塾だ。芳心ゼミナールでも、ここまではない。中にはかなり古そうなものもあり、三十年の歴史を感じさせる。

上高田はあきらめ、スタッフルームの中に戻り、空いていた月谷優子の向かいの席に腰を下ろした。一同の雰囲気は決して明るくない。紙皿の上の冷たいピザがやけに寂しい。

近衛美郷という生徒のことは、よく覚えている。

上高田がＪＳＳ進学塾で講師をしていた当時の二年生（現在は三年生）の中ではもっとも成績が

よく、全国模試でも五十位以内に入っていたはずだ。

上高田は一度、彼女に化学についての質問をされた。そのときにも、例の参考書を使って、説明してあげた。

はつらつとした、明るい子だった。卑屈さもなければ、上高田のような無理な尊大さもなく、友だちともうまく付き合っているようだった。

その近衛美郷が、誘拐されたという。

誘拐などという言葉は、上高田にとって非現実的なものだ。

もちろん自分自身が誘拐犯と疑われるなんて、思ってもみなかった。先ほど本庄が自分の胸ぐらをつかんだ理由がそれだと知ったときには、あまりの突拍子のなさに笑ったものだが、今こうして誘拐された小学生本人の体験を聞き、さらに知り合いである女子生徒が同じ犯人に誘拐されたという事実を目の当たりにすると、腹立たしさと不可思議さの入り混じった感情を覚える。

だがそれ以上に、『ベストヵシリーズ・中学理科』の行方のほうが気になる。

「月谷さんは、見ていないですか？　俺の参考書」

正面の月谷さんに尋ねたが、彼女はツンとしたままだった。

「知りません」

もとより、国語や英語に執心している彼女が、理科のことに興味を向けるなどとは、上高田は思っていなかった。となれば、一色さんなどは言わずもがなだ。計算用紙の上に無心でクマのイラストを描き続けている織田楓というこのビッグサイズリボンの彼女は、加賀見塾長からJSS進学塾始まって以来の計算の天才だという話を聞いたことがあるが、見たところ、理科に関してはそうでもないのかもしれない。

「あなたは、新しくその参考書を買えないのでしょうか？」

「それが、ネットで調べたら絶版になっていたんですよ。マーケットプレイスで買えないこともないんですけれど、ちょっと高くて」

「あなたはその参考書を使わなければならないのでしょうか。もっといい参考書があるのではないでしょうか」

「アクチンフィラメントとモータータンパク質の関係とか、ＤＮＡの半保存的複製の仕組とか、ハンス・シュペーマンのイモリの胚《はい》の実験とか、そういうのがいちいち詳しく載っている中学生用の参考書は、あれしかないんです」

　中学生向けにしては詳細すぎるその内容が敬遠されて絶版になったのではないかと、上高田は思っている。上高田自身が中学生の頃には、夢中になって読んだものだが。

　月谷さんは首を動かし、上高田のほうへ視線を移した。そして、一度奥の荷物置き場に入り、財布を持って出てきた。

「私はあなたにその参考書を買うためのお金を与えます」

「えっ？」

　そんなあからさまな「to不定詞・形容詞的用法」。しかも第三文型ＳＶＯ、第四文型ＳＶＯＯ、どちらにも書き換えできそうな言い回しで……。いや、今問題なのはそんなことではない。

「いいですよ。もう一度探してみます」

「今は、ＪＳＳ進学塾にとっての緊急事態です」

「はい」

「私たちは、部外者がこの部屋にいては困ります。馬がＪＳＳ進学塾の講師でないのと同様に、上高田くんもまた、ＪＳＳ進学塾の講師ではありません」

月谷さんは厳しい目線でそう言った。すると、織田が顔を上げた。

「ほゎ。月谷センパイ、なんで、馬が出てくるんですか？」

「両文否定、いわゆる『クジラ構文』さ」

一色さんが解説を始める。

「A whale is no more a fish than a horse is.……『馬が魚でないのと同様に、クジラもまた魚ではない』」

「ほぇ？」

「than のあとに『馬が魚ではない』という当たり前のことを言うことにより、前半の『クジラが魚である』ということを否定するという比較級構文だよ」

うん。そうだ。

「"not ~ any more than" で書き換えができますね。A whale is not a fish any more than a horse is.」

上高田もあとを続けた。こういう受験知識を要する会話は好きだ。

「その通りです」

一人不思議そうな織田楓を放っておいて、上高田は月谷さん、一色さんと顔を見合わせてうなずいた。

「君たちは本当に、勉強が好きだな」

ため息をつくように、パソコンの前の加賀見塾長が頭を抱える。そうだ。どうしても勉強の話になると脱線してしまう。勉強が好きになったのは、この塾のせいなのだが……。

「いずれにせよ、今日は上高田くんは帰るべきです」

先ほどまでうなずきあっていた月谷さんは毅然と言い放った。こう言われると、意地になってくる。

「あなた方は、俺のことを疑っていたのでしょう？」

怒気を声に込めると、さすがに月谷さんもたじたじとなったようだ。

「一体、どうしてですか？」

「そもそもは、これだね」

加賀見塾長だった。パソコンを操作し、上高田に手招きをしている。

塾長の後ろに回り込んでディスプレイを見ると、そこには二頭身のアニメキャラのような映像が映し出されていた。

「なんですか、これ？」

「昨日送られてきた、誘拐犯からの犯行声明だ」

そして加賀見塾長は、マウスをクリックした。

＊

「本郷教育堂ー、練成テキスト小六国語、64ページ27行目、7文字目ー」

立身社ー、わかる！中一英語、15ページ2行目、2文字目ー」

犯人が作ったところのボーカロイドによる犯行声明は続いている。加賀見塾長の後ろから、上高田くんはその様子を見つめている。

「ボーカロイドの歌っていうのは、けっこう浸透しつつあるんだろう？」

一色さんは傍らの織田さんに尋ねた。織田さんは計算用紙（といっても、コピーし損じた紙の裏だが）に、お得意のクマの絵を描きながら、応えている。

「そりゃそうですよぉ。ボカロPって呼ばれる人たちが作った曲はネット上ですごい人気らしいですよぉ。こないだ、パリでコンサートが行われたって、ニュースでやってましたから」

「ボーカロイドのか？」

「はい。光でナゴミちゃんの歌って踊ってる姿を、ステージ上に映してましたね」

「そうか。……どこかの限定された地域で、琴風ナゴミの曲が日常的に流され、それが地域住民に何らかの影響を及ぼすということは、ないだろうな」

「ないないー。ナゴミちゃんはグローバルですから」

一色さんは、自分の研究のことにボーカロイドの歌を結び付けようとしているように見えた。

「JSSの講師たちよー、
いま、立ち上がれー、
日ごろの勉強の成果を、見せるのだー
か弱き少女の、命を救うためー」

琴風ナゴミの犯行声明は終わった。

「これを、俺が作ったと思ったんですか？」

上高田くんは怒っている。

「上高田、前にアニメキャラクターの描かれたクリアファイルを使っていただろう？」

「あれは、弟が使っていたもので、捨てようとしていたから俺が代わりに使っていたんです」

上高田くんはどうやら、体裁にはこだわらない性格のようだった。

「そもそもボーカロイドなんて、俺、ネットで見ないですから」

「そうなのか」

一色さんは気まずそうに、上高田くんから目を逸らす。

「しかし、これらの学習参考書が手に入る状況は限られていますので、少なくとも学習塾関係の人間の仕業ということになるとは思うのですが」

月谷はさらに、上高田くんに説明した。

「たしかにそうでしょうけど。でも、ちょっと待ってください」

上高田くんは棚の参考書を眺め始めた。

「白鳥教育堂、それから品教社の新しいテキスト。これは芳心ゼミナールにはありません。というか、芳心ゼミナールに勤めてからわかったことですけれど、ＪＳＳ進学塾ほど多くの参考書を取りそろえている塾はないんじゃないですか？　うちの塾じゃ、使うテキストは画一的に決まっていますから、業者からの見本なんか、送られてきた日にほとんど捨ててますよ」

上高田くんは加賀見塾長の顔を見た。

「言いにくいけれど、犯人は、この塾の中の人間なんじゃないですか？」

「いいかげんなことを言うな」

一色さんが言う。

「これだけの参考書の中から文字を拾っていく作業というのは、かなり時間がかかる行為だろう。しかも、使われているテキストの科目は五教科にわたっているし。そんな作業、このスタッフルームで他の誰かに見とがめられずにできるわけがない」

「ほわぁ。それはそうですねぇ」

織田さんが言う。

「たとえば、私が国語の参考書なんか引っ張り出して眺めていたら、みんな怪しいって思いますよぉ」

「そりゃそうだ」

一色さんは笑った。

上高田くんは腕を組み、次の言葉を選んでいるように見えた。

そして彼は、織田さんの手元を注視した。それは、彼女が作り出したキャラクターであるところのクマのイフストが描かれた計算用紙だ。

「そうか！」

上高田くんは叫び、そして、織田さんの計算用紙をつかみ上げた。

「わかったぞ！」

上高田くんは、何がわかったというのだろう？

もし、犯人がどうやってあのボーカロイドの犯行声明を作り上げたかということに対する答えであるとしたら、月谷は聞きたかった。なぜなら、月谷にとってもそれは、この事件におけるもっとも不可解な謎のひとつであるからだ。

＊

一色は国旗の貼られたトランプを弄ぶ手を止めて、上高田の手元の計算用紙を見る。

「ああっ、返してください、私のべるくまちゃん」

織田が何事かを喚《わめ》いているが、上高田はそんなことはまったくお構いなしであるようだ。彼は一体、何が「わかった」というのか。

「犯人はやっぱりきっと、この塾の講師ですよ」

こいつ、すでに部外者のくせに、とんでもないことを言い出しはじめた。だが、一色にも思うところがあったのでもう少し聞くことにした。

「どうして、そう思うんだ？」

加賀見塾長が尋ねると、上高田はコピー機に近づき、脇の「計算用紙」の束をつかみ、机の上に投げ出した。

「この『計算用紙』はプリントや小テスト、あるいはオリジナルのテキストを作るとき、既存のテキストをコピーし損じた紙ですよね？」

「ああ……」

「ということはテキスト本体がなくても、これだけの紙があれば、テキストの文字くらいは拾えるということにはなりませんか？」

「しかし、ページと行数などはわかっても、どのテキストからコピーされたものかまでは判別できないんじゃないか？」

「どのテキストがどういうスタイルの編集をしているかとか、フォントくらいは、授業の合間にちらりと見ておくぐらいでもわかるでしょう。ということは、やっぱり犯人はこのスタッフルームに出入りしている人間っていうことです」

思わず、織田の顔を見つめる。

「わわ、私じゃないですよぉ」

当然そうだろう。月谷も首を振っている。講師の中に、犯人が……？

「いやむしろ、それだったら、生徒の可能性もゼロじゃない」

上高田は銀縁メガネをずりあげて続けた。

「なんだと？」

「だってそうでしょう一色さん。生徒の中にはここに計算用紙があることを知っていて、もらいにくるやつもいるじゃないですか」

探偵気取りの態度は気に食わないが、たしかに言うことには筋が通っている。計算だけではなく、英単語・英作文の練習や、ノートを忘れたときのメモ代わりにももらいにくる生徒はいる。

「よくもらいにくる生徒は誰ですか？」

「英作文の練習をするために計算用紙を利用しているのは、中二の前川《まえかわ》くん、権田《ごんだ》くん、そして、清水《しみず》さんですね」

月谷は即座に三人をピックアップした。

「計算をたくさんするのはぁ……」

数学担当、織田がリボンをいじりながら思い出しはじめた。

「中三の齋藤《さいとう》くん、谷本《たにもと》くん、そして……ほわぁぁ！」

織田は上高田の顔を指差した。

「近衛美郷ちゃん」

「えっ？」

まさか。

「そういえば、俺が働いていたときも、彼女はたくさん計算用紙をもらっていたイメージがあるな」

縛られてソファーに横たえられていた近衛美郷の画像が、一色の頭の中によみがえる。机の上に置かれた、国旗の貼られたトランプ。これを用意したのは近衛美郷なのか？

「狂言誘拐」

上高田がぽつりと口にした。

誰も、そんなことを考えてはいなかった。

「いいかげんにしよう」

強い口調で遮ったのは、加賀見塾長だ。

「どうかしている。生徒を疑うなんて」

「そ、そうですよぉ、塾長の言う通り。これ、返してくださいっ」

上高田の手から計算用紙を奪い取る織田。そして椅子を引いて腰かけ、落書きの続きを始めた。

「だいたい、近衛美郷ちゃんがどうやって山下愛子ちゃんを誘拐するんだ」

「山下愛子が近衛に協力していたという可能性は？」

上高田の質問に、加賀見塾長の顔が歪《ゆが》む。

「なんだって？」

「だいたい俺、さっきは黙っていましたけれど、あの山下愛子っていう小学生の話、おかしいことばっかりだったじゃないですか」

上高田は棚や段ボール箱を引っ掻き回して理科の参考書を探しながらも、しっかりと山下愛子の話に耳を傾けていたようだ。

「どの点がおかしかったのでしょうか？」

月谷が尋ねる。

「まず、ハンカチで口を押さえられて気を失った、って言ってましたよね？　そんなこと、実際にはあり得ません」

「クロロホルムじゃないのか？」

一色は思わず口を挟んだ。

「それは典型的な勘違いですよ、一色さん。クロロホルムはたしかにかつて外科出術の際の吸入麻酔剤として用いられていましたが、それは百年以上も前の話。しかも、吸入により痛みを和らげることはできても、気を失わせることはできません。さらに、皮膚に付着すればただれを起こしてしまう可能性もある。そんな薬を、小学生相手に使うなんて考えられません」

上高田は化学が得意だ。専門外のことをこうもまくしたてられると、一色としては気が引けてしまう。

「だけど、吸っただけで気を失ってしまう薬品って、他に、ないんですかぁ？」

織田が尋ねる。

「ないことはないだろうが、そんな薬品は毒性が強いはずだ。一般人が簡単に手に入れられるとは思わないし、吸った本人があんなに元気ではいられないだろう」

すっかり、上高田の独壇場だった。

「それに、彼女が監禁されていた部屋、普通のマンションの一室みたいなことを言っていましたけれど、ソファーがあってテーブルがあって、そしてトイレもあるって言ってましたね？」

「ああ、たしかに」

「普通のマンションの一室に、トイレってあるもんですか？」

「ワンルームマンションだったんじゃないか？」

「いや、彼女、犯人が入ってきたドアの向こうには『廊下』があると言っていました」

一色は再び、反論の言葉を失う。たしかに、廊下のあるマンションの一室ならば、トイレは居住スペースとは別のところに設置されているほうが自然だ。

「愛子ちゃん、嘘、ついてたっていうことぉ？」

近衛美郷と山下愛子が共謀して狂言誘拐をした？

「ありえないよ」

加賀見塾長が否定する。

「それじゃあ昨日は山下愛子ちゃん、近衛さんの家に泊まったたっていうことだろう？　近衛美郷ちゃんのご両親が、不審に思うでしょう」

「いや、塾長」

これは一色が止めた。

「近衛美郷のご両親は、昨日から長野の親戚の家に行っています。昨日は、彼女、家に一人だったんです」

月谷と織田もハッとしたようだ。塾長も「そうなのか？」と言ったが、あまり動じていないようだ。

「近衛美郷さんと山下愛子ちゃんには、接点がない」

「え？」

「だって中三と小六だよ？　授業時間が重なることがないだろう」

「塾の外で、知り合いだっていうことは？　たとえば、昔、小学校のたて割り班で一緒だったとか」

「近衛さんの家は、ここから歩いていける距離のディアナコート15。だけど山下さんの家は、花辻《はなつじ》町だよ。バスで二十分かかる。プライベートで二人が知り合いになることは考えにくいね。だいたい、理由は何なの？　中三と小六の女の子が二人して、どうして誘拐事件なんかでっちあげるのだろう？」

上高田は腕を組んで黙った。だがその目からは近衛美郷と山下愛子の共謀への疑いがまだ色濃く居座っているように見えた。

……この男、いつの間にやらこの誘拐事件の構造を明らかにしようとする立場に立っている。遅れて参加したくせに。

「我々は、大事なことを忘れています」

突然、月谷が言った。

「近衛美郷ちゃんは決して犯人ではありえません」

「どうしてですか、月谷さん？」

上高田が尋ねる。すると月谷は、決定的な言葉を吐いた。

「私たちがK＆Lキッチンにおいて犯人からの電話を受けたとき、彼女は私たちと一緒にいましたから」

＊

〈織田楓ダナ？〉

〈ほわぁ！〉

加賀見がパソコンのスピーカーのボリュームを上げると、犯人と織田さんの会話が聞こえてきた。織田さんは機転を利かせて、犯人とのやりとりを携帯電話に録音しておいたのだ。ぼんやりしているようで、けっこう抜け目がない。彼女の携帯電話から直接では聞きにくいので、加賀見のパソコンにつなぎ、一同で聞いているのだ。

〈オイ、聞コエテイルノカ？〉

〈はーい！〉

元気のいい声だ。

〈オマエハ、ソノ店ノ、駐車場へ今カラ行ケ〉

〈えっ？　その店、って？〉

〈今、オマエガイル、K&Lキッチンノ駐車場ダ〉

ボイスチェンジャーを使った声は、たしかに男か女かはわからない。だがしゃべり方が落ち着いているので、大人であることはたしかだった。

〈今、駐車場ノ隅ニ、自転車ガ数台、停メラレテイル。ソノウチノ一台ノカゴニ、封筒ガ入レラレテイル。中ニハオ前ノ得意ナジャンルノ問題ガ入レラレテイル。問題ヲ解クト、金ヲ運ブ場所ガアラワレル。ソノ場ニ、十時四十分マデニイケ。サモナクバ、山下愛子ノ命ハナイ〉

〈あ、ちょっと〉

この織田さんの発言を最後に、会話は途切れた。犯人は一方的に電話を切ったようだ。

「やっぱり、男だろうな」

トランプを手の甲に並べながら言ったのは一色くんだった。

「そうでしょうか？」

上高田くんが言い返す。

「俺は、女の声に聞こえなくもないですけどね」

腕を組んで椅子にもたれる大柄な姿は、ふてぶてしさすら感じさせる。参考書を取りに来ただけだと聞いていたのに、いつの間にか率先して事件に首を突っ込んでいる。

「いずれにせよ」

月谷さんが口を挟んだ。

「最後に残った織田さんがこの電話を受けたとき、近衛美郷さんは一緒にいたのでしょう?」

「はい。そうですね」

織田さんはこっくりとうなずいた。

「それだけじゃない。俺に電話がかかってきたときも、月谷にかかってきたときも、彼女は一緒にいた」

一色くんも口添えをする。

「だから、近衛美郷は犯人ではありえない」

「協力者がいたんでしょう」

「協力者?」

「山下愛子とか」

「なんだって?」

加賀見は思わず上高田くんの顔を見た。

「山下愛子ちゃんが、この電話をかけてきたっていうのか」

きゃっはははぁ。と、織田さんが場違いな笑い声を上げた。

「それはありえないですよぉ。だってこの声、大人じゃないですかぁ」

「言いきれるか?」

「仮に子どもだったとしても、あの子、こんなにはっきりとしゃべれないです。っていうかぁ、やっぱり大人の声でしょ、これぇ。〈オイ、聞コエテイルノカ?〉なんて、愛子ちゃん、言わないですよぉ」

両手をばたばたさせながら、織田さんは反論した。

「そうか。じゃあ、大人の協力者がいたっていうことだな」

「そんなの、いるわけないですよぉ」

「その大人は、ＪＳＳ進学塾に詳しい」

どんどん話を進める上高田くんの横で、一色くんがトランプを操る手を止める。

「やっぱり、お前が一番怪しいな、上高田」

「冗談言わないでください、一色さん。俺は午前中、ずっと試験監督をしてたんですから」

「だったらどうしてここに居座っている? 何か起こす気じゃないのか?」

上高田くんはぎしっと音をさせて椅子から立ち上がった。

「『ベストｶシリーズ』が見つかるまでは帰らないようにしようと思ったけれど、そこまで疑われるのは心外ですからね」

怒っているようだった。このまま出ていくだろうか。

「しょうがない。帰りましょう」

「ちょっと、上高田くん」

加賀見は彼を呼び止めた。

何か、彼に教えてあげたいことがあった気がする。……だが、その内容が思い出せない。

「どうしたんですか? 塾長」

不機嫌そうな上高田くん。

「くっちょん！」

何と言おうかと迷っていると、突然、不思議な声がした。

「くっちょん！」

もう一度。見ると織田さんが鼻と口元のあたりを右手で押さえている。

「あぁぁ、すみません、くしゃみです」

「織田、くしゃみまでフシギ系だな」

「そんなこと、言わないでくださいい、一色センセイ。……あの、上高田センパイ、ティッシュ、取ってもらっていいですか？　ちょっと、鼻水が」

上高田くんの座っていた席の上に、ボックスティッシュが置いてあった。

「ああ」

声にはもう怒気はなかった。気まずさとはかけはなれた織田さんのくしゃみに、雰囲気が和らげられたようだった。

部屋の外で、中一の生徒たちの声が聞こえた。時計を見ると、三時二十五分をさしている。

「もうこんな時間か」

加賀見は思わずつぶやいた。中一と中二の授業が終わる頃だ。本庄くんあたりが、五分ほど授業を早く終わらせてしまったのかもしれない。

そう思っていたら、ドアが開けられ、本庄くんが入ってきた。後ろに中一の男子が何人かくっついて、ゲラゲラ笑っている。

「こらお前ら、イタズラばっかりしてんな」

本庄くんも笑いながらじゃれていた。彼は生徒に人気がある。

「あーっ、ピザあるじゃん。先生たち、ピザ、食ってやがんの」

「ほんとだー。ずりー」

ドアから顔を覗かせた二人の生徒が、目ざとく織田さんの前に置いてあった食べかけのピザを見つけた。

「こら、入ってくるなよ」

本庄くんはそう言って、生徒を肩で廊下に押し出し、ドアを閉めた。

「ちょうど、授業が終わって中一・中二の生徒が帰る時間だから、玄関が混むね。上高田くん、もう数分経って落ち着いてから帰ったほうがいいかもしれない」

上高田くんはため息をついた。

6
限目

生物の問題、襲来！

やっぱりこの麦わら帽子、男子生徒たちにイジられた。だけど、麻子は後悔などしていない。女子は「カワイイ」って言ってくれたから。「先生、今日の格好、大学生っぽい」だって。まあ、大学生だしね。「デートしてたんじゃないの?」って、うーん。それに近いような近くないような。「先生、相手いるのー?」そりゃ、秘密だよね。いないけど。

とにかくそんな感じで生徒をあしらいつつ、たまにドキッとさせられつつ、授業をこなす。今日は江戸時代後期、「幕藩体制の揺らぎ」。本当は世界地理を教えたいけれど、中二のこの時期は歴史だ。特に女子には歴史が苦手な子が多いから、しっかりやってねと塾長にも言われている。正直、日本史はあまり得意じゃないけれど、純粋専門分野以外も担当しなければならないのが、塾講師という仕事だ。

「せんせーい、もう三時二十五分だよ」

齋藤くんが言う。イタズラ男子代表みたいな悪ガキ。

「この授業は三時半まででしょ。あと五分もあるじゃん」

「でも、中一、もう終わってる」

教室のドアについているガラス窓から廊下が見える。向かいの第4教室の中一E1クラスの授業は終わったようで、生徒が続々と出てきていた。タクローだ。あいつ、いっつも五分くらい早めに切り上げるんだよなあ。サボり魔が。ちゃんと、理科、教えられてるのかなあ。

「はいはい。もう少し頑張って。今日は、天保の改革までやっちゃいたいから」

「あっ」

最前列の、梅田《うめだ》さんという女子が声を出した。

「『天ぷらタダ食い、イワシ入り』でしょ」

「え？」

「麻子先生、知らないの？　一色先生の『年号語呂合わせテキスト』の中にあるじゃん」

「ああ」

あのテキストは、中二の生徒たちにも配られている。自分の授業に取り入れるかどうかは麻子次第なのだけれど、まだ麻子は全部を頭に入れられていない。

『天ぷらタダ食い、イワシ入り《1841》』は、『1841年、天保の改革』を覚えるためのフレーズ。一色さんのコミカルなイラストで、イワシ入りの天ぷらをくわえてダッシュする水野忠邦の姿が描かれている。

「しかも先生、知ってる？　あれ、『天ぷら』の部分に『天保』が、『タダ食い』の部分に『忠邦』がかかってるんだよ」

梅田さんは、まるで自分が作った語呂合わせであるかのように、自慢げに解説し始めた。『天ぷらタダ食い、イワシ入り』。これだけで、天保の改革、水野忠邦、1841年がすべて覚えられるようになっているのだ。

「それだけじゃなくて、江戸三大改革の他の二つも。『今《1》、七《7》色《16》の巨峰がお得』は、『1716年、享保の改革、徳川吉宗』でしょー。それから、『田《17》舎で凄《87》をかんで待つ』は、『1787年、寛政の改革、松平定信』が全部入ってるんだよ」

「へぇーっ」

麻子は思わず感嘆の声を漏らしてしまう。あのテキスト、ただの年号の語呂合わせだけじゃないんだ。生徒たちのほうがよく知ってる。

「スゴイよね、一色先生」

「うん」

一色さんが生徒に褒《ほ》められているのを聞いて、麻子も嬉しくなる。

「私、あれ好きー。ルターの宗教改革のやつ。『イ《1》ン コ《5》の雛《17》鳥、育てるかー《ルター》』」

「北条泰時が御成敗式目を出すってやつも面白いよね。『式目出す時《泰時》、It's《12》 sunny《32》!』」

梅田さんの周りの女子たちがはしゃぎ始めた。どうやらみんな、お気に入りのフレーズがあるみたいだ。こうやって生徒たちに勉強を楽しいと思わせる技術、私も身につけられたらいいなあ。

「せんせーい。もう、二十八分!」

「うるさいな齋藤くんは。はい。さっさと書く。『天保の改革』」

「もう書いたよ。イワシの天ぷら、食い逃げ、でしょー」

梅田さんが齋藤くんのほうを振り返った。

「違うし。それじゃあ1841年にならないし」

「うるせえ、ブス」

「うっざ。齋藤、うっざ！」

収拾がつかなくなってきた。もういいか。

「はい、じゃあ、五十四ページ、しゅくだーい！　終わります」

「いえーい！」

ノートと教科書を乱暴に閉じてカバンに詰め込み始める男子たち。まったく……。


廊下で騒ぐ生徒たちをかき分けて、スタッフルームにたどり着くと、上高田くんがまだいた。タクローはペットボトルの紅茶を飲んで一息ついている。

「ちょっとタクロー、授業終わらせるの、早いんじゃない？」

「ああ？」

「ちゃんと三時半までやらないと」

「今日の単元は、短くて済むところだったんだよ」

タクローは、塾長の前でそんなことを言うな、というようなしかめ面を見せた。

「加賀見せんせーい、英単語の再テスト、やりたいんですけどー」

ドアから、中一の生徒が顔を覗かせる。

「ああ、そうか……ちょっと、月谷さん、代わりにやってもらっていい？」

「はい。わかりました」

誘拐犯からのメールが来るかもしれないから、塾長はパソコンの前を離れられないんだろうなぁ。

「タクロー、電流と抵抗のところで、質問があるんですけどー」

今度は中二の女子生徒だ。

「おう、わかったわかった。ここだと狭いから、ちょっと教室のほうに行こう」

タクローは立ち上がって廊下へ出ていく。

土曜の三時半から四時の間は、こうやって再テストや質問をする生徒もたくさんいるから、スタッフルームの周りは生徒たちでごちゃごちゃになる。そうこうしているうちに四時から授業が開始する中三の生徒もやってきて、もうカオス状態だ。

「すみませーん。暗唱、やってくださーい」

「ああ、はいはい。すまないけれど、西川さん、暗唱、やってくれる？」

「え？　ああ、はい」

中学三年生は、土曜日は塾にやってきたときに受付で英文暗唱をしなければならないことになっている。あらかじめ配られている構文集の、指定されたページを覚えてきて、スタッフの前で暗唱してみせるのだ。生徒だった頃は、麻子自身もこれに悩まされた。

「一色くんも、西川さんを手伝ってくれる？　人手は多いほうがいいから」

「はい」

やった、一色さんが一緒だ。

「塾長、私は単語の再テストをやってこようと思います」

混みあうスタッフルームの中、月谷さんが右手をパソコンの近くにつき、左手に英単語帳を持って、そう言った。

中三の英語は授業のはじめに単語テストがある。八十点以上取れないと再テストになり、合格できないとどんどんたまっていくので、こういう空き時間に少しでも消化していかなければならない。土曜日の生徒入れ替えの時間は、とても忙しいのだ。

「私も、月谷さんを手伝ってきます」

小峰先生が言った。

「来週の補習の時間にすると、人が多くなってしまいそうですから」

「ああ、そうですね」

塾長も大変だなあ。誘拐犯からのメールを待つ傍ら、すべてのことを把握して指示を出さなければならないのだから。

「それから加賀見先生、中二の木村《きむら》くん、今日、休みだったのですが、補講案どうしましょうか？」

「えーっと、木村くんは……」

電話脇のメモに目をやる塾長。

「来週の土曜、午前中に補講に来るっていうことなんで、小峰先生がわかっていれば大丈夫です」

「そうですか」

と、小峰先生が返事をした、そのときだった。

ぱちーん！　と両手を叩く音がした。

え、なに？　……誰もがその音に注目する。ドアから覗いている生徒たちさえも。

「補講だ」

晴れ晴れとした顔をしているのは、上高田くんだった。

「どうしたんですかぁ、上高田さん？」

織田さんが間抜けな声を上げる。

「あれ、カミタカダじゃない？」「うっそ、なんでカミタカダがいるの？」

中二の一部の女子生徒が、廊下でこそこそしゃべっていた。上高田くんはお構いなしに続けている。

「補講は、その週、休んだ生徒たちが、ひとつの教室に集まって、小峰先生が一人で面倒を見ていますよね？」

「え、ああ、はい……」

小峰先生も、いまだに上高田くんが帰っていないことが不思議そうだった。

「近衛美郷と山下愛子の二人が、偶然一緒になったことはないですか？」

「はっ」

思わずと言ったように、麻子のすぐ脇にいた一色さんが声を出す。なに、なに？

しーんとした雰囲気の中、小峰先生は当惑した様子で答えた。

「え、ええ。たしか先月の中ごろ、近衛美郷さんと山下愛子さんの二人だけのときがありました」

「二人だけで教室にいた時間はなかったですか？」

「えーっと……」

と宙を見上げる小峰先生。

「二人ともちょうど時間のかかるプリントがあり、私のほうも早急に作らなければならない文法の教材があったものですから、プリントを解かせている二十分ほど、二人きりで教室にいたと思いますね」

「そのとき、二人は話して、知り合いになったのでは？」

上高田くんは加賀見塾長に視線を移した。塾長は一瞬顔を歪めたけれど、「上高田くん、生徒がいるからその話は」と切り上げた。どうしたんだろう。……私が授業をしている間、一体誘拐事件について、どういう論議がなされたの？　どうして美郷ちゃんと山下愛子ちゃんが知り合いだとかそうじゃないとか、そういう話になってるの？

「暗唱、お願いしまーす」

麻子の思考を遮るように、中三の女の子二人が、中一の群衆の向こうから手を振る。中尾千恵《なかおちえ》ちゃんと吉崎琴乃《よしざきことの》ちゃん。美郷ちゃんといつも一緒にいる二人だ。一色さんは軽く手を上げてそれに応えた。

「行くぞ、西川」

えーっ、私も事件の分析についてもっと聞きたいのに。

＊

「つまり、この部分が全体として12Ω《オーム》になって、で、この電熱線Bが20Ωだから」

「足して32Ωになるっていうことか、あー、わかったかも」

さっき質問をしてきた中二の女の子が納得した声を上げてくれた。

「先に、この並列回路の部分の合成抵抗ってやつを出しておかなきゃいけないんだね」

「そういうこと」

「そっかそっか。サンキュー、タクロー」

拓郎自身は得意な「電気」の分野だが、他人に説明するとなると勝手が違う。自分で理解することと、他人を納得させるように教えることとはまったく別のことなのだ。教えた生徒が「わかった！」とすっきりした笑顔を見せてくれるのは嬉しい。何ものにも代えがたい、塾講師の喜びである、と、この数か月の講師生活を経た今、思うようになっていた。

「じゃあそろそろ、三年生が来るから、教室を空けようか」

「うん」

素直に従う中二女子。

連れ立って廊下に出ると、スタッフルーム前から受付にかけての廊下には中一から中三までの生徒たちがごった返していた。

「せーんせー、暗唱、お願いしまーす」

中三の生徒たちの声が飛び交っている。

受付では一色さんと西川の二人が、懸命に中三の生徒たちの英文暗唱を聞いている。後ろにも、たくさんの中三生が並んでいる。

その人ごみの一角に、田畑秀志の生白い顔を見つけた。最近、同じクラスの今野《こんの》と堀内《ほりうち》にいじめられているという噂のある生徒だ。証拠がないし、本人も否定しているのでことを荒立てるわけにはいかないが、それとなく注意してみてくれないかと加賀見塾長に言われたのはつい二週間ほど前のこと。

線の細い体。色白の、女の子のような顔立ち。明らかに喧嘩が強いタイプじゃないし、気も弱そうだ。

今年の三月から塾に入ってきて、最近成績は上がってきているようだけれど、そうなると古株の生徒たちから面白く思われないのは自然の成り行きだ。拓郎も注意はしているものの、いじめの現場に遭遇したことはなかった。

と、生徒たちがごった返す中、今野がやってきて、田畑の肩に自らの体をぶつけたように見えた。

「おい、今野」

拓郎は思わず、二人の近くに近づいた。

「なに？　タクロー」

「なに、じゃないだろうが。お前、今、田畑のこと、突き飛ばしただろう」

「突き飛ばしてないよ、なあ、田畑」

田畑は何も言わない。今野の口調には、余計なことを言うんじゃねえぞ、という田畑へのプレッシャーが含まれているように思えた。やっぱり、噂は本当かもしれない。

でもここで頭ごなしに押さえつけても状況は変わらない。きっと今野は、今度は拓郎の見えないところで田畑に同じことをするだろうからだ。

拓郎自身はいじめに加担をしたことがないが、中学校時代に学校で同じような目に遭っていた同級生を知っている。

いじめは生徒たちの心の中から生まれて、周りの空気によって育てられていく。部外者である教師（塾では講師）がいくら介入したところで、空気そのものを変えることなんてできない。

テレビなんかじゃ、よく、いじめの責任の所在を教師に求めるような報道がなされるが、拓郎はああいうものを見るたびに、責任のない大人たちが周りから学校をいじめているようにしか見えなかった。結局、いじめを本質的に解決することなど、教師の側にはできないことなのだ。ベテランの塾講師ならばいろいろ言い方もあろうが、大学生講師一年目の自分には、とても荷が重すぎる。

「今野、押してたよ」

「うん、私も見た。そういうの、やめなよ」

二人の女子がやってきて今野を責めだした。中尾千恵と吉崎琴乃だ。

「うるせえな、やってねえって言ってんだろ」

「うそつき」

「あー、あー、わかったから」

拓郎は場をまとめる。ここはとにかく、丸く収めよう。

「英文暗唱、やったのかよ。もうすぐ授業、始まるぞ」

そのときだった。

すぐ目の前のスタッフルームの中から、大音量の電子音楽が聴こえてきたのは。

＊

犯人からのメールが、ＪＳＳ進学塾の公式メールアドレスに再び送られてきたのは、中一・中二の生徒と中三の生徒の入れ替えでごった返す、三時五十分のことだった。加賀見成一の胃は、またキリキリと締め付けられるようだった。
メールを開くと、以下のような文面が現れた。
「JSS進学塾　塾長様
以下のサイトにアクセスし、
パスワード『yuukai.j』を入力して
身代金の受け渡し場所に関しての
情報を得ること。
六時までに身代金が届けられない場合は
近衛美郷の命はない。」
昨日と同じだ。加賀見はアクセスし、パスワードを打ち込んだ。
「JSSの講師たちよー、
いま、立ち上がれー、
日ごろの勉強の成果を、見せるのだー
か弱き少女の、命を救うためー」
例の二頭身のボーカロイドが、大音量で歌い始めた。
また、この音楽だ。しかし、こんなに大きな音が出ては、生徒たちが騒ぎだしてしまう。
「なになに？」
「なに、この音？」
さっそく、興味を引かれた生徒たちがスタッフルームの出入り口のところに群がって中を覗き込み始めている。

「いいから、教室に戻れよ」

本庄くんが怒鳴っているのが聞こえた。

加賀見はあわてて、スピーカーの音量を下げた。……しかし、いつの間に音量が最大になっていたのだろう？

「新しいメッセージですか？」

すっかり事件に巻き込まれた形になっている上高田くんが、加賀見の後ろに回り込んで、ディスプレイを覗き込んだ。ボーカロイドの女の子は歌い続けている。

それは、不思議な効果音が混じった、奇妙な問題群だった。


「まずは簡単な問題から。ＤＮＡの正式名称は、〇〇★〇〇〇核酸♪

原始大気から生命が発生したことを証明しようとしたよ、ユーリー・★〇〇の実験♪

エクアドルの★〇〇〇諸島では、ダーウィンフィンチの適応放散が見られるよ♪

緑色蛍光タンパク質ＧＦＰを持つ可愛いクラゲ、〇★〇クラゲ♪

メンデルの法則は、『★〇〇の法則』『分離の法則』『独立の法則』の三つだね♪

インスリンやインターフェロンを作るのに利用されるよ、〇〇〇★菌♪

あごのある魚類が生まれたよ、４・９億年前から４・４億年前の〇〇〇★〇紀♪

ヒトの犬歯、虫垂、尾骨はいずれも、〇★〇〇器官だねー♪

原核生物は、『バクテリア』と『〇〇★〇』♪

シダ植物の胞子が発芽してできたんだね、〇〇★〇体♪
シュヴァリエ・ド・〇〇〇★は、用不用説を唱えたフランスの学者だよーっ♪
DNAを複製するよ、新しい鎖を伸長させる酵素、DNA★〇〇〇〇♪
ロッキー山脈で見つけたんだっ、カンブリア紀中期の〇〇〇〇★動物群♪
細胞運動や筋収縮をさせる細胞骨格の一つだよ、アクチン〇〇〇〇〇★♪
コンゴ民主共和国にすんでいる、ヒトに近いサルだよ、〇★〇♪
ATPの正式名称だね、〇〇〇★〇三リン酸♪
もう一つ正式名称、iPS細胞は、人工★〇〇〇〇幹細胞♪」

7
限目

救済のために

暗い、じめじめとした壁。破れているソファーの表面。

本当は塾をサボってこんなところにいるのは嫌だけれど、もう後戻りはできない。

すべては、田畑秀志と、ＪＳＳ進学塾のため。

近衛美郷は腕時計を見る。五時ぴったり。そろそろ、助けに来てくれてもいい頃だ。

寝返りを打ちながら、もう一度両手を縛っているロープの結び具合を自分で確認する。不自然なところがなければいいけれど。

もう少しで、すべてが終わる……。


美郷は、小さい頃から両親に期待されて育った。

中学受験をするようにと言われ、光聖アカデミーという大手学習塾の小学部に通わされた。

授業はもちろん学校のものとは違う内容で、かなり難解だったけれどなんとかついていくことができた。もともと本を読むのは好きだったし、記憶力も悪いほうではなかった。特に理科なんかは、今まで疑問に思っていた雲の発生や地震のメカニズム、虫の生態や植物の生長などを詳しく教えてくれるので好きになったくらいだった。

そんな美郷の成績向上をいつも阻《はば》んだのは算数だった。

植木算やつるかめ算など簡単なものは解けたけれど、時計算やニュートン算など複雑なものになるとまったくわからない。線分図や時には図形の面積を使う解法が、何度理解しようと努力しても自分の中に吸収できなかった。

「お前、こんな成績を取っているようじゃ、どこの私立中学にも入学できないじゃないか」

父親はそう言って嘆いた。

国立大学を卒業し、アメリカで経営学の博士号を取得し、若くして大手総合商社の重役の地位についた父親は、有名私立中学に美郷を入れることに執心し、学歴のない人間を何よりも見下していた。

「勉強ができないっていうのはつまり、怠惰《たいだ》なんだよ。怠惰なやつは、何をやってもうまくいかないからな」

これが、父親の口癖だった。

だけど、美郷にとってプレッシャーだったのは、父親よりもむしろ母親のほうだ。

「美郷ちゃんは頭がいいんだから、何度もやっていればできるようになるわよ」

美郷は、母親が父親に「お前の普段の教育がなっていないから、美郷の成績が上がらないんだ。自分の娘がどうしようもない怠惰な人間になってもいいというのか」と怒鳴られているのを知っていた。それでも、美郷に負担をかけようとしない優しさ。

この優しさが、父親の、エリート特有の偏狭な説教の何倍も、美郷にとってつらかった。自分の成績が原因で、両親の仲が険悪になっている。私が、算数ができないから、お母さんはお父さんに怒られているんだ……。そう思うと、たまらなく胸が痛んだ。

そしてついに、美郷はしてはいけないことをしてしまったのだ。

小学六年生の秋、時期的に大事な全国一斉模擬テストがあった。美郷は苦手なニュートン算の問題を、カンニングしてしまった。算数の得意な石田くんという男の子が、偶然隣だったので、ちらりと見たのだ。

そして悪いことに、それを同じクラスの田畑秀志という男の子に気づかれてしまった。

「テストの点数、そんなに大事なのか。俺たちにとって。それを、聞いてみたかったんだ」

責める口調でもなく、彼は美郷に尋ねた。

「大事に決まってるじゃん」

「カンニングしても」

「……ほっといてよ。私は、点数取らなきゃいけないの」

「何のために」

「私の、私の家のことなんか、何にも知らないくせに！」

大声とともに、目から涙がこぼれ出た。……本当に、何のためなんだろう。私、何のためにこんなに勉強して、プレッシャー感じて、人の答え見て……一体、何のためなんだろう？

虚《むな》しさの前に打ちひしがれていると、田畑秀志は、受けたばかりの模擬テストの問題用紙を差し出してきた。

「石田の答え、何だった？」

「え？」

「俺、考えてみたいんだ」

どうしてそんなことになったのか、そのときの心理状態はあまり覚えていないが、美郷はそのあと田畑秀志と一緒にタコ星人とイカ星人とヒトデ型イチゴの問題を検証した。結局解けなくて、二人で先生のところへ行って尋ね、解法を教わった。相変わらずニュートン算は難しく、解き方は忘れてしまったのだけれど、その問題自体は、美郷にとって思い出の問題となった。

田畑秀志とは、その一件以来、よく話すようになった。それまで言えなかった父親への文句を初めて言った相手も田畑だった。彼の家のほうは美郷の両親とは違い、母親のほうがズレた感覚の教育熱心ぶりを発揮しているようだった。少しでも田畑の成績が落ちると、塾や学校に押しかけて文句を言うのが常で、田畑はそれが嫌だと言っていた。家でも母親は勉強の話しかせず、ペットのモモ助というパグ犬だけが、心の拠《よ》り所だと言っていた。「テストの点数、そんなに大事なのか」という、美郷に投げかけられた質問は、常々母親に聞いてみたい彼の悩みの種でもあったのだ。

塾では友だちを積極的に作らなかった美郷だけど、田畑との心の距離は急速に縮まり、ともに励まし合いながら受験をがんばる仲になった。

だけど、結果は残酷だった。二人そろって、私立中学の受験には失敗したのだ。

母親は涙し、美郷は何を言っていいのかわからなかった。

「会社の同僚にどう顔向けすればいいんだ？　みんな、私の娘が中学受験をしたことを知っているというのに。父親に恥をかかせやがって」

心底失望したというようにそう言い放った父親とは、それ以来会話らしい会話はなくなった。母親も勉強のことには一切触れず、美郷はそのまま光聖アカデミーを退塾した。中学の学区が異なる田畑秀志とも離れ離れになり、連絡もしなかったので疎遠になった。

普通の公立中学校に進学した美郷は、勉強漬けだった小学生時代とは違う学校生活を過ごしはじめた。バレーボール部に所属して友人も増え、少なくとも表向きは楽しい学校生活を送っていた。塾には行かず、家庭学習もそこそこ。成績は下位ではなかったけれど中くらい。そんな美郷を、父親はもう無視していた。あきらめられているのが、自分でもわかった。「美郷の性格って明るいよね」なんて学校ではよく言われたけれど、違う。

学校でしか、明るくなれないんだ。

中学に進学して以来、家で笑ったことなんかない。友だちが家族旅行をした話なんか聞いても、映画の中の話くらいにしか思えない。外食に行ったこともない。父親も母親も、家族もない。それは、私が勉強ができないから。私が中学受験に失敗したから。私が怠惰な人間だから。

家族を壊した私になんか、家で笑う権利はない。だからせめて、友だちと一緒にいられる学校では、明るく居させてよ……。

ＪＳＳ進学塾の存在を知ったのは、一年生も終わりかけた頃のことだ。きっかけは、社会の授業中、仲のいいクラスメイトの中尾千恵が、先生が黒板に書いた内容の誤りを即座に指摘したことだった。

「先生。ナポレオンがフランスの皇帝になったのは、１８０４年のことじゃないですかーっ？」

黒板には１８０２年と書かれていたが、指摘された社会の先生が「そうか？」と教科書を確認して、誤りを認め、「ごめんな、間違えちゃった」と謝罪したのだ。いつも傲慢《ごうまん》な口調の先生が謝ったことでクラス全体が一時的に盛り上がったのだけれど、美郷の興味はそこにはなかった。千恵はそんなに社会が得意なほうではなかったはずなのに、なぜ……。

「ねえ、千恵。さっきどうして、先生の間違い、気づいたの？」

授業後に聞いてみると、中尾千恵はスクールバッグの中から一冊の小冊子を取り出して自慢げに見せてきた。そこには手描きのイラストとともに、年号の語呂合わせがずらっと並べられていて、美郷は衝撃を受けた。

『一晩冷《1804》しゃぶ、ナポレオン』。ナポレオンと取り巻きの政治家たちが冷しゃぶの皿を囲んで夜中にパーティーをしているイラストがそこには描かれていたのだ。ナポレオンが、冷しゃぶって！なんて大胆で斬新な語呂合わせなの？　ページをぺらぺらとめくる。『積み木《239》崩すな、卑弥呼さま』、『ビビンバ《1185》こぼれる、壇ノ浦』、『真珠湾まで、行く用意《1941》』、『ビックリ、クイ《1991》ズでソ連崩壊』……一度聞いたら忘れられないフレーズと一度見たら忘れられないイラスト。これは、歴史が好きになるはずだ。

中尾千恵が通っているＪＳＳ進学塾の先生が考えたオリジナルの語呂合わせであることを知り、以来、その塾のことが美郷の心の中に居座ることになった。

そして母親と相談の結果、美郷は二年生の四月から、ＪＳＳ進学塾に通うことになった。

ＪＳＳ進学塾の指導方法は、美郷に違う世界を見せてくれた。大学生か大学院生だという先生方は距離が近いので話しやすいし、教え方はユニークだし、「自分はこうやって勉強した」ということを積極的に教えてくれるし、学校では教えてくれない難しくて刺激的な内容もどんどん教えてくれた。課題のプリントが多いと嘆いている生徒がいたけれど、光聖アカデミーで鍛えられていた美郷はそんなことは感じなかった。加賀見塾長は厳しいことも言うけれど、受験の心構えなどもしっかり教えてくれるし、すごくいい人だと思った。

「勉強が好きだ」と、思えた。

そしてＪＳＳ進学塾に通い始めてわずか数か月後に行われた学校の前期中間テストで、美郷は、学年一位の成績を取ったのだ。それも、五教科合計得点四百九十二点という恐るべき点数だった。

学校の先生も、クラスメイトも驚いた。報告をしたら塾の先生方も加賀見塾長も驚いた。だけどもっと驚いたのは、美郷本人だった。

そして、その成績を取った次の日のことだ。

自宅のマンションに帰ると、母親は買い物中なのか留守で、リビングには珍しく父親が座っていた。気まずいので自室に行こうとすると、「美郷」と、父親が話しかけてきた。

そんなことが久しぶりだったので怖かったけれど、返事をすると、

「お前、学年で一番になったんだってな」

と尋ねてきた。母親が話したのだろう。よく見ると、彼の目の前のテーブルの上には、テスト用紙と美郷の答案がまとめて置かれていた。

「うん」

「お前、無理してるんじゃないのか？」

一瞬、何を言われているのか、わからなかった。淡々とした口調。だけどその声の中に、一筋の糸のようなものを、美郷はつかんだ気がした。それは、まだどこかに残っていた、父娘《おやこ》の絆だったのかもしれない。

「無理なんかしてないよ。今、勉強がすごく楽しいんだ」

「そうか……」

父親は問題用紙に目を落とし、しばらく考えていたが、

「この水圧と浮力の問題なんだけどな」

「え？」

「この問題、どうやって解くんだったかな？」

理科の問題だ。正解率は低かったと出題者の先生は言っていたけれど、美郷は全問正解していた。塾で上高田先生という大学一年生の講師に教えられた通りの解法を、美郷は父親に解説してみせた。

父親はしばらく難しい顔をしてそれを聞いていたが、ボールペンを取って脇に計算し、「おーう、なるほど」と漏らした。

美郷は思わず、笑ってしまった。

「どうした？」

「だって、お父さん、『おーう』なんて言うんだもん」

「おかしいか？」

「おかしい」

すると、父親も笑った。美郷は驚いた。

ひょっとしたら、お父さんも、ずっと私と話したかったのかもしれない。でも、そういうのが苦手な人なんだ。

「お父さん、私、高校受験は頑張るよ」

「ああ」

その日、美郷はお風呂で少し泣いた。湯船に浸かると、美郷の体が押しのけた体積の分だけの浮

力が、優しく美郷を包んでくれた。

加賀見塾長、一色先生、月谷先生、上高田先生、浜崎先生、小峰先生……。JSS進学塾のおかげだ。心の底からそう思った。


それ以来、家族三人での会話が増え、たまに外食になんかも行くようになった。

二年生の冬、美郷は一人、ホドサキショッピングモールのメイン商業施設「デュアリ君川」の文房具ショップで買い物中に、思わぬ顔と再会した。

「あれ、田畑？」

ノート売り場の前で佇《たたず》んでいる彼に、声をかける。会っていない二年の間に身長が伸び、あごのラインも細くなっていたけれど、その生白い顔はやっぱり田畑だった。

「ああ、近衛か」

「うわっ。久しぶりー、元気だった？」

「ああ……」

「って、全然元気じゃないし！」

妙にテンションが上がってしまい、その細い肩をばしばしと叩き、一人だったこともあって、美郷は一階のカフェに田畑を誘った。

以前と比べて覇気《はき》が削《そ》がれたような彼だったが、それでも美郷が光聖アカデミー時代の思い出話を一方的に話していると、彼も次第に受け応えをするようになってきた。

「あ、そう言えばさ、元気？　モモ助」

田畑が飼っていて、受験漬けのときに家で話し相手になってくれていた飼い犬のことだ。すると田畑は小さな声で答えた。

「死んだよ」

「え？」

「中一の夏に、病気で」

聞いてはいけないことを聞いてしまったと思った。

「ごめん……」

「いや、いいんだ。それで俺、将来の夢、決めたんだから」

思いがけず前向きな答えが返ってきたので、美郷は興味を惹かれた。

「えー、田畑、夢、あるの？」

「うん。獣医になる」

彼はモモ助の死をきっかけに、ペットの命を救って飼い主に喜ばれる職業に就きたいと考え始めたそうだ。美郷にはピンとこなかったけれど、「ｉＰＳ細胞のペットへの応用の研究」をして、多くの病気のペットを救いたいんだ、と、田畑は急に熱く語り始めた。

「じゃあ、すっごい勉強してるんだ」

「いや……生物だけ」

「生物って、理科のこと？」

「理科の中でも生物だけ。生物なら俺、高校の範囲でもイケるんだ」

「他の科目は？」

「それが……全然」

田畑は小学校時代の受験漬けがトラウマで、中学に入ってからは一度も塾に通っていないらしい。家庭学習も興味のある生物だけしかしていないので、学校の成績は下から数えるほうが早いという状況。おまけに、例のエセ教育ママが連日学校に文句を言いに押しかけて、クラスメイトから疎《うと》まれているそうだ。

「全部俺の成績が悪いのが原因なんだけど、やる気になれなくて……」

生白い、弱気な顔。美郷の心に火が点《つ》いた。

「田畑、なんとかお母さんを説得して、私の通っている塾に入って」

きょとんとする田畑に、美郷はＪＳＳ進学塾がいかに素晴らしい塾かを力説した。田畑はあの暗い中学受験時代、美郷が唯一心を通わせた戦友だ。どうしても救ってやりたい。それには、ＪＳＳ進学塾の力が必要だ。

初めは訝《いぶか》しがって聞いていた田畑だったけれど、話が美郷と父親との心の壁を取り払ったことに及ぶと、表情が変わった。小学校の頃、父親が冷徹だという話をさんざんぶちまけていた田畑だからこその反応だった。

「そんなにすごいのか、その塾」

「うん。宇宙一！」

美郷はピースをして見せた。嘘じゃない。あの塾は、美郷の人生を、家族を変えてくれたんだ。

「田畑、また一緒に勉強しよ。私もそっちのほうが、心強いし」

すると田畑はその日初めて、笑ってくれた。

ほらまたＪＳＳ進学塾は、一人、幸せにしてくれた。

田畑秀志がＪＳＳ進学塾に通い始めたのは、三月半ばからだった。カリキュラムはいよいよ、高校受験を見据えた内容になる。ＪＳＳ進学塾の卒業生だという新しい講師も三人加わって、ますます楽しい学習時間になりそうだった。

美郷がそうだったように、光聖アカデミーの息が詰まるような授業とはまったく違うＪＳＳ進学塾のスタイルに戸惑っていた田畑だけど、次第になじんできたようだった。

高校受験までの一年間、大変だとバレーボール部の先輩からも聞かされていたけれど、ＪＳＳ進学塾でなら頑張れる。

そう思っていたのに……。

計算外だったのは、田畑の母親の手ごわさが予想以上だったことだ。

三月の、一週間ほどの春期講習が終わろうとしている頃、夕方に授業が終わって教室を出ると、スタッフルームのほうからけたたましい金切声が聞こえた。

なんだなんだと、クラスメイトたちはざわめいたけれど、美郷にはすぐにわかった。小六の頃、光聖アカデミーにも彼女は押しかけていたからだ。とっさに田畑の顔を見るとバツが悪そうに俯いていたので間違いなかった。

息子を通わせ始めてからわずか二週間しか経たないＪＳＳ進学塾に、田畑の母親はクレームをつけに来たのだ。

クレームの趣旨は、漏れ聞こえる声からはよくわからなかった。宿題のことを言っているのか、塾の講師が学生なのが気に入らないのか、最終的には「私は、家でちゃんとあの子に勉強するように言っているんです！」と大声でわめき散らす始末。……結局、自分が親としての責務を果たしていないと思われるのが嫌なタイプの母親なのだ。

この一件で、事態は悪いほうへと進んだ。田畑秀志が、他校の男子たちにからかわれるようになったのだ。

もともと男子というのは女子に比べ、一度グループができてしまうと新参者をはじこうとする傾向がある。それに加えてあの印象的な教育ママの登場は、男子たちが田畑をからかう格好の材料となった。せめて田畑の成績がずば抜けてよかったら、男子たちも一目置くのだろうが、二年間の学習の放棄は大きく、田畑の成績はほとんど壊滅的だった。

いじめの急先鋒となったのは、今野と堀内という二人の悪がきだ。

「私は、家でちゃんとあの子に勉強するように言っているんです！」

「秀志ちゃん、秀志ちゃーん」

二人は田畑の母親の口真似で、田畑があからさまに嫌がる顔を見て喜び始めた。幼稚で、自分一人じゃ何もできないくせに、二人一緒になると急に強気になるこの二人が、美郷は前から大嫌いだった。こんな二人に、田畑のせっかくの学習意欲が削がれるなんて、あってはならないことだ。田畑がＪＳＳ進学塾をやめてしまうことなんて、あってはならないことだ。

「秀志ちゃん、数学二十点じゃ、どこにも受からないでしょー」

「田畑秀志、成績ひでーし」

だけどこういう男子に限って悪知恵が働き、田畑が何も言い返さず、しかも先生に告げ口をしないのをいいことに、隠れてこそこそ意地悪をするのだ。最近じゃ、先生たちの見ていないところで田畑の頭を叩いたりしている。他の男子は見て見ぬふり。美郷が直接注意しても、「うるせー、しらねーし」の一点張り。むしろ、女子である自分が口を出すことが、田畑の立場を悪くすることも、美郷はよく知っている。

いじめられたら塾での勉強をする気が起きない。勉強ができないと成績が上がらない。成績が上がらないとまたからかいの対象になる。……このままじゃ悪循環だ。

美郷は知恵を絞った。そして、田畑をヒーローにする計画を立てた。

田畑をヒーローにするには、何と言っても、他の追随を許さない、彼の生物の知識を、バカ今野とバカ堀内に見せつけてやることだ。しかも、ものすごい危機を救うという形で。

考えた挙句、美郷がたどり着いたのは「誘拐」だった。そして誘拐される被害者は、美郷自身にする計画を立てた。生徒の帰宅時間が遅いということで以前注意を受けて以来、加賀見塾長が警察を嫌っていることは知っていたから、恐らく警察の関与を避けるだろうという算段もあった。

だけど、不自然じゃいけない。特に、美郷が計画したものだとばれることがあってはならない。

その週、美郷は体調を崩して休んだ分の補講に土曜日にやってきた。すると、教室には一人、おとなしそうな小学生の女の子がいて、算数のプリントをじっと眺めていたのだ。補講担当の小峰先生は「ちょっと作らなきゃいけない教材が溜まっているから、これ、やっていてね」と、プリントを渡すなりスタッフルームに帰ってしまい、美郷はその女の子と二人で第1教室に残された。彼女の隣の席で、自分に課せられた数学のプリントにしばらく取り組んでいた美郷だったが、あまりに彼女が動かないので、声をかけた。

「何か、できないところ、あるの？」

円に関する図形の問題だった。愛子ちゃんというその女の子は、初めは警戒していたが、美郷がゆっくり教えてあげると、次第に心を開いてくれた。結局、3・14という小数を含む計算が苦手だったただけなのだ。

自分も小学生の頃はこれが苦手で、よく父親に怒られたんだ（実際にはため息をつかれただけだったけれど）という話をすると、愛子ちゃんは急に暗い顔になった。

聞くと、愛子ちゃんの両親は離婚が決まり、今は母親と二人で暮らしているそうだ。

「お母さんは、お仕事が大事で、愛子のことは大事じゃないの……」

潰れそうな声で、愛子ちゃんはそれだけ言った。

「そんなこと、ないと思うよ。愛子ちゃんのこと、大事だと思うよ」

首を振る愛子ちゃん。

娘のことを大事に思っていない親なんていない。ただ、夫婦間にトラブルが生じたことによって、自分が親であることに戸惑って、子どもへの接し方がわからなくなっているだけなんだ。自分の父親が、そうであったように。……美郷は決意した。愛子ちゃんが大事なんだと、愛子ちゃんのお母さんに気づかせてあげないと。

そして美郷は愛子ちゃんにこう提案した。

「愛子ちゃん、誘拐、されてみようか」

それは、美郷の計画に信憑性《しんぴょうせい》を持たせるのに重要なファクターともなった。

美郷の計画は動き出した。

まず、一連のことを絶対に警察沙汰にしてはいけない。そんなことになったらＪＳＳ進学塾の信用が落ちてしまうから。塾長が警察嫌いなのはなんとなく知っていたけれど、でも、塾の生徒が誘拐されたらどうしても警察に相談してしまうかもしれない。

そこで考えたのは、「誘拐犯」として疑われる仮想犯人を仕立て上げることだった。美郷は最適の人物を知っていた。

上高田先生だ。

美郷自身は上高田先生が嫌いではなかった（むしろ、例の浮力の問題の解法を教えてくれたのは上高田先生だから尊敬すらしていた）し、どうして去年の秋、彼がＪＳＳ進学塾をやめてしまったのか見当もつかなかったけれど、下のクラスの男子たちが言うことを聞かないので愛想を尽かしたのだろうという噂が立っていた。だとすれば、上高田先生はＪＳＳ進学塾に恨みを抱いていてもおかしくない。少なくとも、一色先生をはじめとした塾の学生講師の先生方はそう思うはず。

上高田先生が山下愛子ちゃんを誘拐するなら、一体どんな脅迫状を送りつけてくるだろうか？

美郷は上高田先生が中学時代、何の教科でもトップを誇る優秀な生徒だったことを思い出した。そして、上高田先生が何かのアニメキャラクターのクリアファイルを使っていたのも思い出した。

……ボーカロイドを使うっていうのはどうだろう？

美郷はそれまでに計算用紙としてもらっていた裏紙をカバンや古いノートの間から掻き集め、どの問題集からのコピーなのかを徹底的に調べた。もちろん、スタッフルームの中に入って棚の問題集を確認することはできなかったけれど、受付脇の貸し出し棚に並べられている理・社の問題集から、どのテキスト会社がどんなスタイルで編集するかは確認できたから、すべてのコピー元を明らかにすることができた。そして、あちこちから文字とページ数をピックアップして、ボーカロイドに歌わせるという、世にも珍しい、勉強の得意な人しか思いつかないような脅迫状（脅迫曲？）を完成させたのだ。

上高田先生に疑いを向けさせるための美郷の計画はさらにエスカレートしていった。「犯人」は五人の学生講師を一度、ファミレスに集めておいて、その後一人一人別々の場所に移動させる。移動した先にはそれぞれの得意なジャンルの「問題」が用意されていて（織田先生への数学の問題以外は、前日の夜に美郷自ら隠して回った）、時間内に解かないと愛子ちゃんは帰ってこないと書かれている。すべての講師たちの得意ジャンルを把握し、さらにその科目で挑戦状を叩きつけてくるのは、上高田先生しかありえないと思わせるのだ。

念のため、美郷自身のアリバイを作っておかなければならない。そして、五人の先生方がちゃんと計画通りに動いてくれるかどうかも見ておきたい。そのため、身代金を「五千円分の一円玉」にした。

月谷先生には以前、夏休みの宿題で一円玉を使用した「姫路城」の模型を作ったことを話していた。それを覚えていたら、必然的に自分に協力を求めてくるだろう。先生方の態度を不審に思った美郷が、こっそりファミレスまでついていくという自然な流れを作ることができる。これで、犯人から五人に電話がかかってきたとき、美郷が目の前にいる状況を作ることができる。誰も美郷自身が犯人であるなどと疑わない。

だけど、もちろん美郷は彼らに電話をかけることができない。そこで、心から信頼するある人物に協力を依頼することにした。

美郷はその人物に、ネットショッピングでひそかに手に入れたボイスチェンジャーを、ある方法で手渡した。

美郷の見ている前で、先生たちは、その協力者からかけられてきた電話を犯人（タクローや一色先生は、美郷の計画通り、上高田先生からかかってきているものと疑っていた）からのものだと信じ、次々とファミレスをあとにしていった。

美郷がファミレスに入る直前に自転車のカゴに入れておいた封筒の問題を、織田先生がいとも簡単に解いたときは、「さすが」とびっくりしたけれど、もう時間は迫っていたから素直に見送り、そのまま近くに停めておいた自転車に乗って、一円玉の回収をして回った。それからデュアリ君川一階の、エスカレーターのよく見える喫茶店に入り、観葉植物の陰になる席に座った。五人がエスカレーターを上がり、そして下りていったのを確認して、四階のゲームコーナーまで行き、最後の一円玉を回収した。

計画は第二段階だ。

美郷はすぐさま自宅に戻り、前日から泊まっていた愛子ちゃん（五人が一円玉を両替に来たときには、奥の部屋に隠れていた）と昼食を取り、中一・中二の授業の始まる少し前に着くようＪＳＳ進学塾に向かわせた。しばらくして、自らが縛られている写真を添付した新たな脅迫メールを送信した。

そして美郷は自宅を出て、前から目をつけていたこの廃工場へやってきた。三時五十分、携帯電話でもうひとつのボーカロイドの歌う脅迫状のアドレスを記したメールを送ると、自らの手を縛って、ボロボロのソファーの上に横たわった。

あの歌は、受付の脇の貸し出し棚に、手つかずのまま放っておかれていた『ベストηシリーズ・中学理科』という難解な理科の参考書から、生物の部分だけをピックアップして作ったものだ。浜崎先生の専門は化学、タクローの専門は物理だと聞いている。生物分野の知識がずば抜けているのは、その場では田畑秀志だけになるはずだ。

先生方が解答に困っているような問題を、生徒たちの見守る前でいとも簡単に解いてみせ、しかもそれが誘拐事件の身代金受け渡し場所を示しており、誘拐された女の子を救うという結果になれば、生徒たちの間でも田畑の評価は上がるに違いない。彼の生物の知識を目の当たりにしたら、バカ今野もバカ堀内も、もう田畑をいじめるようなことはなくなるはずだ。

美郷は、もう一度ソファーの上で寝返りを打った。

田畑には計画の一部しかしゃべっていない。土曜日、塾のパソコンに送られてくる生物の問題を解けと。それを送ったのが美郷であることは、絶対秘密だと。もちろんこれだけで、彼はうまくやってくれるだろう。

美郷は信じている。

自らの力で、自らの地位を手に入れてくれる彼のことを。また一緒に、明るく勉強する時間を取り戻してくれることを。

薄汚い窓から見える外の空はだいぶ暗くなりはじめていた。

助けに来てくれるのはいつだろう……。

8
限目

協力者たち

生徒たちも入り口にひしめいているスタッフルーム。一色の目の前で、その不可解な問題がどんどん解かれていく。ボーカロイド・琴風ナゴミの歌の歌詞、すべての答えを書き出して、「★」に該当する部分の文字だけを拾うという解法は誰の目にも明確だったが、それをやってのけるほどの生物の知識の持ち主は、今のところ、彼しかいない。

ＤＮＡの正式名称……「デオキシリボ核酸」
原始大気から生命が発生した実験……「ユーリー・ミラーの実験」
ダーウィンフィンチの適応放散が見られる……「ガラパゴス諸島」
緑色蛍光タンパク質ＧＦＰを持つクラゲ……「オワンクラゲ」
メンデルの法則……「ゆうせい（優性）の法則」「分離の法則」「独立の法則」の三つ
インスリンやインターフェロンを作るのに利用される……「だいちょう（大腸）菌」
４・９億年前から４・４億年前の地質年代……「オルドビス紀」
ヒトの犬歯、虫垂、尾骨……「こんせき（痕跡）器官」
原核生物の分類……「バクテリア」と「アーキア」

シダ植物の胞子が発芽してできる……「ぜんよう（前葉）体」
用不用説を唱えたフランスの学者……「シュバリエ・ド・ラマルク」
DNA複製の際に、新しい鎖を伸長させる酵素……「DNAポリメラーゼ」
ロッキー山脈で発見されたカンブリア紀中期の化石群……「バージェス動物群」
細胞運動や筋収縮をさせる細胞骨格の一つ……「アクチンフィラメント」
コンゴ民主共和国にすんでいる、ヒトに近いサル……「ボノボ」
ATPの正式名称……「アデノシン三リン酸」
iPS細胞の正式名称……「人工たのうせい（多能性）幹細胞」

上高田は計算用紙の裏に一つ一つ答えを書き、該当する文字を拾っていく。一色はそれを忌々《いまいま》しく思っていたが、彼の力を借りざるを得ないのだ。月谷、西川、本庄、織田、そして小峰先生、浜崎先生、加賀見塾長すらもその様子を固唾《かたず》を飲んで見守っている。

やがて、ひとつのメッセージが現れた。

――キミガワゆうびんキよクポストノシた

「『君川郵便局ポストの下』、っていうことでしょうね」

上高田はそう言いながら、塾長の顔を見た。

「そこに、身代金を持って誰かに出向かせよということか？」

加賀見塾長が言う。

スタッフルームの外で見守る中三の生徒たちにも、すでに事情は漏れており、中尾千恵や吉崎琴乃らが「美郷を助けて、先生」などと口々に切実な懇願を並べている。生徒が誘拐されるという異常な状況を前に、今さらながらパニックが訪れようとしていた。

「俺が行ってきます！」

叫んで立ち上がったのは、本庄だった。

「俺、このあとは授業もないし。もし誘拐犯と鉢合わせて取っ組み合いの喧嘩になっても、ねじ伏せてみせますよ」

「落ち着きなって、タクロー」

ため息まじりにその肩に手をやったのは、西川麻子だ。

「だってよ、西川！」

「塾長の指示を聞こうよ」

指示を託された加賀見塾長は腕を組んだまま下を向いている。

沈黙に包まれるスタッフルーム。すぅぅぅ、ふぃぃぃと、場違いに織田だけがリボンに手を当てて深呼吸をしている。

と、加賀見塾長が決断を下す前に、気味の悪い笑い声が聞こえてきた。……問題を解いたばかりの、上高田だった。

「どうした、上高田？」

「決まりですよ」

一色に対し、上高田は笑いながら応える。

「何がだ？」

「これは、近衛美郷自身が仕組んだ狂言誘拐です」

上高田は丸々と太った顔を一色のほうへ寄せると、こう続けた。

「この問題、全部、俺の『ベストｎシリーズ・中学理科』から出題されています。織田が言った通り、俺がこの塾をやめたあと、あの問題集は貸し出し棚の隅に置かれていたのでしょう。それを近衛は持っていき、この、身代金受け渡しの歌を作ったんだ」

「なんだって？」

——しかしそれは、どこかで一色自身も予期していた答えなのかもしれなかった。

近衛美郷は五月に補講で山下愛子と接触していた。彼女はコピーし損じの計算用紙を多くもらい、その裏に書かれていた文字からあのボーカロイドの歌を作ることも可能だった。のみならず、「一円玉五千枚」という不可解な身代金を要求することにより、近衛が協力せざるを得ない状況も作り上げた。

彼女がなぜこんなことをしているのかを詮索するのは後回しにして、残る謎は二つだ。彼女はどうして、五人の講師に一円玉を分けさせ、いったん一人一人にしたのか。そして、あのボイスチェンジャーの声は誰のものなのか……。

一色は、今日の午前中にあったことを思い出していた。

近衛美郷の家に五人で行ったとき、何か不自然なことはなかったか？　K&Lキッチンから呼び出された順番。それぞれに出された問題の内容。そして、あの電話の声。

……そうか、あの声！

だから自分たちは一度、一人一人にさせられたのだ。

今思えば一色は、それぞれの区切りで少しずつ違和感を覚えていたが、些末《さまつ》なことと放ってしまっていたのかもしれない。しかし今、その置き忘れてきた違和感がすべて一つにつながり、ボイスチェンジャーを使って電話をかけた人物の姿を映し出した。

「てめぇっ！」

そのとき、疾風のように上高田にとびかかり、襟首をつかんだ人物がいた。本庄だった。

「いい加減なこと、言ってんじゃねえぞ、上高田っ！」

彼の怒号に、廊下から覗く生徒たちも緊張している。

「本庄。お前はあの素晴らしい問題集を読んだことがないからそんなことが言えるんだろう」

「それ以上言うな！」

「やめろ、本庄」

激しく肩を震わせる本庄を、一色は引きはがしてなだめた。

「止めないでください、一色さん。もう我慢できないです！」

「上高田の言っていることは、筋が通っている」

一色の発言が意外だったのか、本庄の体から力が抜けていった。

「えっ。一色さんも、美郷ちゃんが仕組んだことだと思うんですか？」

「ああ」

本庄の代わりに、西川麻子が尋ねた。

「でもでもでもでもぉ」

手を大げさに振りながら割り込んできたのは織田楓だ。

「私たちがファミレスで電話を受けたとき、美郷ちゃんは私たちの前にいました。あれ、あらかじめ録音した声じゃないですよ。だって私、ちゃんと犯人さんと、会話しましたからねぇ」

「ああ、あの電話は、近衛美郷の『協力者』からかかってきたものだ」

「きょーりょくしゃぁ？」

あんぐりと口を開ける織田。織田だけではない。ＪＳＳ進学塾スタッフルームを包む空気全体が、一色の言い出したことに呆気《あっけ》にとられているようだった。――ある人物を除いては。

一色は目を逸らしているその人物に近づくと、白衣を着ている肩に手を置いた。

「君だったんだな」

彼女は一色のほうにゆっくりと視線を動かすと、オレンジ色のフレームのメガネの向こうで、左のほうの眉を少しだけ上げた。

まるで、マジックの種明かしをするときのようだ。そんなことを考えていた。

*

昨日（というよりはむしろ今日になってからであるが）、月谷優子の携帯電話が鳴ったのは、一同が解散し、彼女がまさに家にたどり着いたときのことだった。

「もしもし？」

「月谷先生ですか？」

近衛美郷さんの声だった。一円玉の件を塾長に提案したあとだったので、月谷は好都合だと思った。

「近衛さんですか」

「そうなんですけど、月谷先生にしか頼めないお願いがあって」

「なんでしょうか」

「山下愛子ちゃんのことで」

月谷はその言葉によって驚かされた。

「愛子ちゃん、実は、今、うちにいるんです」

「それは、どのような事情によるものでしょうか？」

近衛さんは状況を説明した。

山下愛子さんは、自分が母親に愛されていないのではないかと疑っている。その真偽を確かめるために、近衛さんと共謀して、自分が誘拐されたように見せかけたのだという。

「そのようなイタズラは許されるべきではありません」

「お願いします、先生。協力してください」

近衛さんは、山下愛子さんが解放されたあとに計画しているもう一つの事件について説明した。彼女は、近衛さん自身が誘拐される手はずを整えていると言った。そして、その計画に、月谷に協力してほしいと言った。

「なぜ、そんなことを考えたのですか？」

「田畑秀志とＪＳＳ進学塾を救うためです」

田畑秀志くんがいじめられているという話を、月谷も加賀見塾長から聞かされていた。しかしながら、彼をいじめているという今野くんと堀内くんを責めるというのは効果が期待できない。唯一の救出方法は、田畑くんをヒーローに仕立て上げることだと、近衛さんは言った。

「ヒーロー？」

「田畑は、生物分野の知識なら、誰にも負けないんです」

近衛さんが想定した「誘拐犯」は、身代金の受け渡し場所を生物の問題がらみで送ってくる。それを、塾の先生や生徒たちが見守る中で、田畑に解かせるのが目的だ。今野くんと堀内くんも、周りの雰囲気が「田畑秀志＝ヒーロー」ということになれば、それ以降彼に手を出しにくくなるだろう、と近衛さんは言うのだった。

「しかし……」

月谷は言葉を失った。

「先生、ＪＳＳ進学塾のこと、好きでしょう？」

近衛さんは尋ねた。

「はい。もちろんです」

「田畑のお母さんは、周りの主婦仲間にすごく陰口を言うので有名なんですよ。もし、いじめが原因で田畑が塾をやめるようなことがあれば、きっと塾の信用が下がっちゃいます。そういうの、許せないと思いませんか」

「………」

「私は、私を救ってくれたＪＳＳ進学塾の評判を、守りたいんです」

月谷は、心を動かされる思いがした。

近衛さんが、小学校の頃に中学受験を失敗して家庭が冷え切っていたこと、そして、ＪＳＳ進学塾に通い始めてから勉強が楽しくなり、定期テストで好成績を上げ、お父さんと和解したことを、月谷は以前、聞かされていた。

しかし、それ以上に月谷の心を揺すぶったのは、月谷自身の想い出だった。

小学生の頃、月谷には友だちがいなかった。というのも、言葉に対する理屈っぽさが原因で、周囲から疎まれていたからだ。中学に進んでＪＳＳ進学塾に入塾してからもこの性格は変わらなかったが、加賀見塾長は月谷のこの性格を褒めこそすれ、けなすことは一度もなかった。本当のところを言うと、加賀見塾長は、「月谷さんは英語が得意そうだね」とも言ってくれた。そして月谷は、実際のところ、英語と国語を得意科目として高校へ進み、大学でも英文法を専攻するようになったのだ。今の月谷優子を形成しているものは、ＪＳＳ進学塾であると言っても言い過ぎではない。

「わかりました」

月谷は、自分もＪＳＳ進学塾の生徒だったというつながりから、近郷さんに協力することにした。

話を聞いたところ、実際、近衛さんの計画は綿密だった。まずは、近衛さんの家に五人で行くときに、玄関に置いてある近衛さんの茶色い靴の中から、鍵を取り出すことから始めなければならないということだった。それは、市民図書館研修室のロッカー仕様になっている靴箱の鍵だった。

しかしながら、五人で近衛さんの家に上がったとき、月谷は面食らった。というのも、玄関に、山下愛子さんの水色のスニーカーが置かれていたからだ。彼女がいつも履いているものだから間違いない。おそらく、近衛さんが隠し忘れたのだろうと月谷は考えた。月谷を除く他の四人の講師は誰も、そのスニーカーには気づいていないように見えた。最後に入った月谷は、茶色い靴の中に手を入れて鍵を取ったあと、誰にも気づかれないようにそっと、スニーカーを靴箱の下に隠した。

それ以降は、計画通りに進んだ。月谷は自分に与えられたところの仕事を確実にこなした。

K&Lキッチンに近衛さんが現れたタイミングを見計らい、携帯電話が自発的に着信音を鳴らすようにセットし、あたかも犯人からの電話であるかのように受け答えして、市民図書館に向かう。近衛さんが前日のうちに図書館を訪れて用意していたという『日本大百科事典・や〜ゆ』に挟まっているA4封筒を取り、研修室に行ってロッカー仕様になっている靴箱の1番の鍵を開け、中に置かれているボイスチェンジャー（小型ラジオほどの大きさで、コードを携帯電話の接続部分につなげ、調節つまみを回してマイク部分に向かって話すと声が変わるというものである）とこれからのことが書かれた指示書（どのタイミングで誰に電話をかけるか、そのセリフ内容までが事細かに書かれていた）を取り出し、代わりに一円玉の巾着袋を押し込んで再び鍵をかける。その鍵は、図書館入り口脇の観葉植物の植木鉢の中にこっそり隠しておく。

月谷はそのまま図書館裏の人気《ひとけ》のない場所に行き、ボイスチェンジャーを携帯電話にセットし、非通知設定になっていることを確認して本庄くんに電話をかけた。

〈本庄拓郎ダナ？　山下愛子ヲ預カッテイル者ダ〉

ボイスチェンジャーのマイクを通した自分の声が、ずいぶん変わっていることに、月谷は驚かされた。封筒に入っていた指示書を、なるべく感情をこめずに棒読みした。本庄くんは、相手が月谷だとは少しも疑っていないようだった。

〈モシモシクジッタラ、山下愛子ノ命ハナイ〉

月谷は、電話を切り、ホドサキショッピングモールへ向かった。

ホドサキショッピングモールへ着くと、なるべく人目につかないような店舗の裏に行き、先ほどと同じように西川麻子さんに電話をかけた。そして、時間を見計らって、一色さん、織田さんにもかけた。

あとはホドサキショッピングモールの中央広場に行って、みんなが到着するのを待つだけだ。

しばしの時間ができたそこで月谷は改めて、A４封筒の中に入れられていた、ダミーの「国語問題集」を取り出し、解き始めたのだった。

近衛さんは、それぞれの講師たちの実力まで見抜いており、誰が問題を解くのにどれくらいの時間を割くのかまでしっかり計算していた。西川さんが地理の問題に夢中になるあまり、二分ほど遅刻したにせよ。

*

えええっ？　どういうこと？　月谷さんが、美郷ちゃんと協力してこの騒動を引き起こしたって！

それ本気で言ってるんですか一色さん？

と、麻子は聞きたくて仕方なかったけれど、みんな固唾を飲み、あの上高田くんですら口を挟まず、織田さんは口をぽかんと開けたまま。だから、到底聞ける雰囲気じゃなかった。

「これが、俺たちが一人一人にされた理由だったんだ」

じっと椅子から動かない月谷さんを見据え、一色さんは話を続けている。

「ど、どういうことすか、一色さん？」

タクローが尋ねた。

「近衛は俺たち一人一人に、誘拐犯が外部に実際にいると信じ込ませたかった。全員の携帯電話に同一犯から電話がかかってきたら、誰でも犯人の存在を信じるだろう。まさかそれを月谷がかけてきていて、主犯格が目の前でメロンソーダを飲んでいる中三の生徒だなんて、俺たちは疑いもしなかった」

そんな……五人をバラバラにすることじゃなくて、一人一人に電話をかけることのほうが、真の目的だったなんて。

これ、本当に本当の話？　誰もが黙って、月谷さんの顔を見る。

「近衛さんは、非常に頭のいい女の子です」

月谷さんは、こういう言葉で白状した。

「一色さんは、どうして気づいたのですか？」

一色さんはジャケットの内側からトランプを取り出してシャッフルをはじめた。そして少し考えていたが手を止めた。

「俺たちが今朝、近衛の家に行ったとき、玄関にあった水色のスニーカーを、月谷、靴箱の下に隠しただろう」

「……気づいていたのですか」

え？　どういうこと？

「ほわぁ！」

織田さんが叫んだ。

「あれ、美郷ちゃんのじゃなくて、愛子ちゃんのだったんだぁ！　さっき愛子ちゃん、履いてましたね」

そうだったんだ。全然気づかなかった。

「それから決め手になったのは、織田の残していた犯人の声だな、やっぱり。織田、もう一度聞かせてくれ、あの声」

織田さんは携帯電話を取り出し、加賀見塾長に手伝ってもらいながらコードをパソコンのスピーカーに接続して、「犯人の声」を再生した。

〈今、駐車場ノ隅ニ、自転車ガ数台、停メラレテイル。ソノウチノ一台ノカゴニ、封筒ガ入レラレテイル。中ニハオ前ノ得意ナジャンルノ問題ガ入レラレテイル。問題ヲ解クト、金ヲ運ブ場所ガアラワレル。ソノ場ニ、十時四十分マデニイケ。サモナクバ、山下愛子ノ命ハナイ〉

「そこだ」

一色さんは、何がひっかかったのだろう。

「封筒が〈入ッテイル〉じゃなくて、〈入レラレテイル〉。日本語として、不自然だと思わないか？まるで、受動態の英語をそのまま日本語にしたような」

うん。そうかもしれない。

その場の誰もが納得したようにうなずいている。月谷さんだけを除いて。

「そう言えばぁ」

と織田さんが続けた。

「この〈サモナクバ〉ってのもぉ、ちょっとヘンかなって思いました。日常会話で、使わないですよね、『さもなくば』なんてぇ」

「『命令文＋ or……』の直訳だな」

タクローが解説する。

月谷さんは別に残念そうな様子もなく、うなずくようなしぐさを見せた。そして立ち上がると、スタッフルーム奥にある講師用の荷物置き場のドアを開けて入り、自分のカバンを持って戻ってきた。カバンに手を入れ、中身を取り出し、机の上に置いた。

なんだろう、と麻子は思った。小型ラジオほどの大きさの、マイク付きの黒い機械。コードが出ている。……ひょっとして。

「これが、ボイスチェンジャーです」

完全に、自分が美郷ちゃんの「協力者」であることを認めた。

講師陣も、廊下から覗いている生徒たちも、この後の展開がまったく読めずにしーんとしている。

ごほん。咳ばらいが聞こえた。

「スピーカーの音量を最大にしたのも、月谷さんか？」

塾長だった。

「はい」

月谷さんは答える。

「先ほど、生徒の入れ替えで忙しいときに紛れて、音量のツマミを回したのです」

そういえば、単語テストをやると言ったとき、月谷さんの手はパソコンの近くにあった！　でも……。

「一体どうしてだ？」

塾長は尋ねた。

「どうして近衛さんはこんなことを計画し、そして月谷さんは協力したんだ？」

そう。そうだよ。一体どうして？

すると月谷さんは塾長の顔をしっかり見た。

「生徒の前では言いにくいです」

予想外の答えに、塾長は何も言い返すことができないみたいだ。さっきまで華麗な推理を披露していた一色さんも、しかめ面のような表情を浮かべている。

と、そのときだった。

「私、知ってるよ、塾長！」

生徒たちの一群の中から、一人の女子生徒が声を張り上げたのだ。その声の主のほうに、みんなが顔を向ける。

美郷ちゃんと学校でも同じクラスの、中尾千恵ちゃんだった。何なのこの展開。

「田畑のことでしょ？」

月谷さんは千恵ちゃんの顔を見たまま、肯定も否定もしない。

「田畑くん？」

加賀見塾長は千恵ちゃんに尋ねた。

「そう。田畑が、今野と堀内にからかわれてるから。だから、田畑のこと、救おうとしたんじゃない？」

名指しされて戸惑っている田畑くんは、吉崎琴乃ちゃんに腕をつかまれ、生徒たちの前に出された。

「田畑くんのことだけではありません」

月谷さんだった。中尾さんの発言を受けて、白状することにしたようだ。珍しく、その声に感情がこもっている。

「近衛さんは、ＪＳＳ進学塾を救おうとしています」

「ちょっと、ちょっと待って」

加賀見塾長は二人を制した。

「全然、話が見えない。一体どうして、近衛さんが誘拐されることで、田畑くんとこの塾が救われるんだ？」

千恵ちゃんは、その答えを言うべく、塾長の顔を見る。

「田畑は、生物だけはすっごく得意なんです！」

…………。

……いや。全然、わかんないんだけど。

＊

中尾千恵というその生徒のことを、上高田は覚えていた。たしかに彼女は、近衛美郷とは仲がよかった。

田畑秀志という男子生徒は、近衛美郷に誘われて今年入塾してきた生徒だそうで、面識はない。もともと病弱そうな顔をしており、他人に強く言い返せるようなタイプでないのは、一目見てわかった。中学に入ってからは塾に通わず、勉強のレベルも落ち込んでいたため、入塾後すぐに、今野と堀内という二人組にからかわれるようになった。二人が田畑のノートに勝手に落書きをしているところを、中尾自身も見ていたそうだ。

田畑の母親は、それをすぐさま察知し、塾に押しかけて文句を言った。それどころか、近所の井戸端会議でＪＳＳ進学塾のことを悪く言うようになった。

「中尾さん、もう大丈夫です。そこから先は私が話します」

月谷さんが、中尾千恵のあとを継いだ。

「近衛さんは、田畑くんとＪＳＳ進学塾を救おうとしました。田畑くんは、塾をやめてはならない。そして、誰も傷つかない誘拐事件を起こし、田畑くんをヒーローにする計画を立てたのです」

「ヒーロー？」

一色さんが眉をひそめている。

「はい。まずは自分に関係のない山下愛子さんを誘拐の被害者に仕立て上げ、身代金の受け渡しに私たちを翻弄して誘拐犯の存在を強調します。その上で今度は自分が誘拐されたように見せかけ、身代金の受け渡し場所を示す難解な問題を田畑くんに解かせ、田畑くんが生物の知識についてはこの塾の誰にも負けないどころか、その知識で近衛さんの命を救いさえしたということを印象づけようとしたのです」

なんて、回りくどい方法を取ったのだ。

中尾千恵以外の生徒は聞きながらただただ茫然《ぼうぜん》とし、田畑は足ががくがくと震えているようだった。

「計画は、とてもうまく運んでいました。ですが、予期せぬ、まったくもって予期せぬ出来事が起こってしまったのです」

月谷さんはそう言って、上高田のほうを見る。……一体？

「上高田くんが、姿を現してしまったことです」

「えっ？」

思わず、身を起こす。

全員の視線が自分に注がれはじめていることに、上高田は急に緊張した。

「どうして？」

「近衛さんは誘拐犯として、講師たちの疑いを、それとなくあなたに向けさせようとしていたからです」

「ああ……」

本庄が口を挟む。

「たしかに、俺たちはずっと上高田のことを疑っていた」

「だけど、その誘拐犯であるはずの上高田くん本人が、突然、やってきてしまった。私は、焦りました」

およそ月谷さんの口には似合わないセリフだった。

「そうか。それで君は、執拗《しつよう》に上高田を帰らせようとしていたのか」

一色さんの言葉に、ようやく上高田も思い出していた。月谷さんが自腹を切って参考書代を払ってまで、自分を追い払おうとしていたことを。

「上高田くんにこの場にいてもらっては困るのです。なぜなら、あなたは生物が得意だからです」

上高田は茫然としたまま、田畑秀志という男子生徒の顔を指差した。

「彼が解くはずだった問題を、俺が解いてしまったということですか……」

瞬間、また襟首がつかまれた。

「てめぇ！　余計なこと、してんじゃねぇぞ！」

本庄だった。

「そ、そんな……」

「本庄くん、やめなさい」

塾長が大声を出し、本庄は腕を緩めた。

「上高田くんだって、この塾の卒業生なんだ。純粋に協力しようとしてくれたんだろう」

上高田は塾長の顔を見た。……勉学に関しては、生徒の実力を正当に評価してくれるその顔。上高田は、自分が中学生に戻ったような錯覚すら覚えた。

「塾長の言う通り。上高田先生は悪くないよ」

今度は、先ほどとは違う女子生徒の声が聞こえた。彼女はたしか、吉崎琴乃だ。

「美郷、ずっと言ってたもん。上高田先生が教えてくれたおかげで、浮力の問題、解けるようになったって」

「あーっ。美郷、よくその話するよね。浮力の問題は、思い出深い問題なんだって」

中尾も同意する。

そう言えばそうだった。一年前の中間テストの直前に、どうしても浮力の問題の考え方が理解できないという近衛に、上高田はつきっきりで教えたのだ。それを彼女が覚えていてくれ、今でも話題にしてくれているなんて……連鎖的に、上高田は福山先生の柔和な顔を思い出す。中学生の頃、上高田自身も浮力に関してはピンとこないところがあったのだ。それを福山先生は一生懸命理解するまで教えてくれた。

自分が教わったことを次の世代に伝えていく。ＪＳＳ進学塾が、加賀見塾長が大事にしていることを、わずかの間だけこの塾の講師だった自分も、実践していたのだ。

「もとはと言えば、今野と堀内がいけないんでしょ」

吉崎琴乃は、矛先をいじめの主犯である二人に向け始めていた。

「い、いや……」

「俺たちは、その……」

名指しされた二人はおどおどとしている。

「ごめんなさい！」

そのとき謝ったのは、今野でも堀内でもなく、渦中の田畑秀志だった。

「俺、近衛に救ってもらったのに……この塾、紹介してもらったのに……全然、成績が伸びなくて。人と話すのも苦手だから……俺……俺……」

がっくりと膝をつき、土下座のような体勢になった。

「ごめんなさい！　俺が母さんに強く言えないから」

「違うよ田畑」

中尾千恵が腕をつかんで起こそうとするが、田畑は頑《かたく》なに床に伏せたままだ。周りの生徒たちも、講師たちも呆気にとられていた。加賀見塾長が慌てて立ち上がり、「田畑くん、とにかく立ちなさい」と促す。

「謝んなきゃいけないの、今野と堀内でしょ」

気丈な吉崎琴乃が二人を睨む。

「あ、いや……」

「その……」

男子二人はすっかり弱気になっていた。しかし、今ここで彼らが謝ったところで、事態は好転するだろうか？

ふぃいぃ……。

緊迫した雰囲気の中を縫って、やけにマイペースな息遣いが聞こえた。

「あのぉ……」

一人で天井を見上げながらリボンをいじり、ほわほわと話し出したのは、織田楓だった。

「何、織田さん？」

西川がきつい口調で尋ねた。

「あのぉ、私、よくわかんないんですけどぉ」

「よくわかんないなら、黙ってれば？」

「でもあのぉ」

たしなめられても、一向に黙る気配を見せない。

「美郷ちゃん、きっと、誰も傷ついてほしくないと思ってるんじゃないかなぁ」

あまりに危機感のない発言。彼女の不思議な世界観に、塾全体が包まれはじめる。

「どういうことだ？」

一色さんが尋ねた。

「結局、ＪＳＳ進学塾のためにこんな大それたことをやったってことはぁ、そのぉ……美郷ちゃんはこの塾が好きで、先生とか生徒とかの雰囲気、全部好きなんじゃないかなぁ。私もそうだもん。うんうん」

「はぁ？」

「だから、田畑くんはもちろんのこと、今野くんや堀内くんも傷つけちゃ、いけないと思うんですよぉ……だからこそ、今野くんや堀内くんを懲《こ》らしめるっていう形じゃなくて、二人が自然と田畑くんのことを見直すような流れにしたわけじゃないですかぁ」

「う、うん、まあ……」

西川の態度は、柔らかくなっていた。

「でもね、このまま、彼女の計画が失敗したらですね、美郷ちゃん自身が、傷ついちゃうと思うんです」

「どうしてだ？」

「ほわぁ。だって、美郷ちゃんが、上高田センパイを傷つけたことになるじゃないですか」

まただ。上高田は頭を振った。まったくこの塾の連中はどうしてこうも、ＪＳＳ進学塾を去った自分のことを引き合いに出したがるのか。

織田はリボンをいじる手を止め、上高田の顔を見つめた。

「美郷ちゃんは、上高田センパイがここにいることを一切知らず、計画が順調に進んでいると思っているはずです。つまり、上高田センパイを疑うように自分が仕向けたっていうことが、上高田センパイに知られちゃったら、まずいんです」

一理ある。自分が犯人と疑われる役にされていたことに、上高田自身はすでに怒りなどなかったが、近衛の気持ちを考えるとそういうことになるかもしれない。

「ってことはですね。最善の策は……この誘拐事件を成立させることだと思うんです」

「誘拐事件を成立させる？」

「はい」

織田楓ははっきりとうなずいた。

「ＪＳＳ進学塾を救おうとした美郷ちゃんを、今度は私たち全員が救うんです」

このピンクドットの洋服を着込んだフシギ系の女の口から出たとは思えない、はっきりした意志が、そこにはあった。そして、彼女のつぶらな瞳の向こうから訴えかけられる、自分に課せられた使命を、上高田ははっきりと感じた。

――上高田。この『ベストηシリーズ』っていうのは、最強の参考書なんだぞ。

福山先生の声が聞こえた気がした。

難解な理科の問題を解くのが楽しいことだと教えてくれたあの先生の声が。

近衛美郷を救わなければならない。中三の女子が情けない同級生の男子のために計画した、このどうしようもなく独りよがりで青臭い誘拐事件を、成立させなければならない。なぜなら自分も、このＪＳＳ進学塾の卒業生だからだ。福山先生や加賀見塾長に、勉強の楽しさを教えてもらった生徒だからだ。

上高田は、椅子から立ち上がった。

「どうしたんだ、上高田？」

本庄が尋ねる。

「いいか、みんな」

上高田は講師陣、そして生徒たちを見回しながら宣言した。

「今日、俺はここには来なかった。あの生物の問題群を解いたのは、そこにいる、田畑くんだ」

織田楓がにっこり微笑むのが、視界の端に見えた。

＊

木立に挟まれた細い道。六月とは言え、午後五時半にもなると少し心細い。

ここらは団地がひしめき合う君川でも、人があまり来ない地域だ。かつては大手商社の倉庫や、衣類を作る工場として使われていた建物が、国内産業の衰退化から放っておかれている。目指す「ちくわ倉庫の14番」というのは、閉め切ったシャッターに、ちくわのような絵がスプレーで落書きされた倉庫群の奥にあるはずだ。さびれた倉庫群。たしかに、誘拐犯のアジトとしては絶好の場所かもしれないと拓郎は思った。

「タクロー、あんた、演技、しっかりできるんでしょうね」

横から、西川が口を出してくる。

「当たり前だろ。っていうかお前、今さらだけど、なんだよその浮かれた格好？」

赤い横じまのシャツの上に、目の粗いニットを羽織っている。パンツはショートで、ふとももがかなり露出しているし、足元はサンダル（というのか拓郎にはわからないけれど、女子がよく履いているやつだ）。極めつけは頭に載せられている、ちょっと形の変わった麦わら帽子だ。まるで、デートにでも出掛けるようなめかしこみ方。今日の中二の授業中にもかなり突っ込まれたらしい。

「いいの。もう、夏も近いんだし」

「誘拐された生徒を救いに行くんだから、もっとちゃんとした格好があるだろ」

近衛美郷を「救出」しに行く役は、拓郎と西川の二人に決まった。一色さん、月谷さん、織田の三人は授業やらなんやらで仕事があるし、小峰先生と浜崎先生は夕方までのシフト。加賀見塾長はもとより塾を離れることはできない。手が空いているのは、二人だけだったのだ。

これ時給出ないだろうな、当たり前でしょ何バカなこと言ってんの、学習塾講師《ジュクコー》も楽な仕事じゃないよな、などと軽口を叩きあいながら君川郵便局へ。ポストの下にはたしかに例のＡ４の青い封筒が貼りつけてあった。通行人の目が届かない死角だ。

開けて中を見ると、一枚のワープロ書きの指示書と小さめの茶封筒が入っていた。

【まず、二万円を天高く掲げてね。それから、茶封筒の中に入れて封をして、ポストの中に入れてね。なお、絶対に宛名の部分の紙を剝《は》がさないようにね。そうしたら、車道の向かいにある植え込

みの中のコーヒーの缶を見てね。変なマネをしたら、その時点で近衛美郷の命はないよ。】

命はないよ、という不穏な部分に身が若干強張《こわば》ったが、これは近衛美郷自身がやったことなのだとお互いに言い聞かせた。拓郎は塾長から預かってきた二万円を財布から取り出し、指示書にある通りに天高く掲げた。どこかで見ている「犯人」に、たしかに二万円を入れたことを見せる行為、ということだろう。通行人はいるにはいるが、誰も気に留める様子はない。

茶封筒の宛名の部分にはすでにどこかの住所が書かれているようだったが、その上からメモ帳のようなものがのり付けされているために、何と書かれているのか読めない。このままポストに投函すれば、郵便局で局員が剝がして、その下に書かれた住所に届けるのだろう。拓郎は二万円を茶封筒に入れた。封の部分にはあらかじめ両面テープが貼られていたので、裏紙を剝がし、封をし、ポストに投函した。

西川と連れ立って車道を渡り、植え込みの中を探る。コーヒーの缶はすぐに見つかり、その口にメモ帳が丸めて差し込まれていた。

【ごくろうさま。近衛美郷は、ちくわ倉庫の14番にいるよ。】

いよいよ、この「事件」も大詰めに向かっているように思われた。


「なあ」

誰もいない倉庫の間を歩きながら、西川に声をかけた。

「何よ？」

「一応、聞くけど、本当にこれ、犯人がいるわけじゃないんだよな」

西川は立ち止まり、拓郎を睨み付ける。

「変なこと言わないでよ。月谷さんも言ってたでしょ？　これはすべて、美郷ちゃんが計画した自作自演なの」

「……よく、こんなこと、思いつくよな」

ふーっと息を吐き、一番ひっかかっていることを聞いてみることにした。

「付き合ってんのかな、近衛と田畑」

西川の顔が険しくなっていくのを感じた。

「バカじゃないの？　そういうんじゃないでしょ。何、気にしてんの？」

「だって、ただの同級生のために、ここまでするか？」

「美郷ちゃんは、とても優しくて勇気のある子なの。私みたいに」

冗談めかして言うその横顔は、中学生の頃より少し大人になってはいたが、凛《りん》とした太い眉毛は変わらない。悔しいが、美人だ。数年前はこの顔に惹かれたこともなかったわけじゃない。テストの点を言い合って勝負のようなことをしたのは、彼女の近くにいたかったという若い気持ちも、自分にあったからだろう。

……今こいつ、彼氏、いるのかな？

「お前、中学の頃、俺が田畑みたいにいじめられてたら、同じこと、したか？」

頭の中に浮かんだ疑問を振り払うように、拓郎は尋ねた。

「はぁっ？」

あんたはいじめられるようなタイプじゃないでしょ……そういう返しを予期していた。だが西川は、少し考えるようなしぐさをした。

「私が誘拐犯だったら、理科と数学の問題は出せない」

「え？」

「きっと、世界地理ばっかりになるよ。織田さんや月谷さんに、私の世界地理の問題が解けるかな？」

ふふっと笑って、「ほら、いくよ」と促す。

なんだかはぐらかされた気がして、そのあとについていく。ショートパンツの下のふくらはぎが、妙にまぶしく見えた。

14と書かれた倉庫が見えてくる。シャッターは閉まっていて、開きそうにない。

「これ、どこから入るの？」

「こっちに、ドアがあるぞ」

建物の脇に回ると、さび付いた鉄製の外開きのドアがあった。ドアノブだけやけに金属の光沢が目立っている。

ノブを握って回した。鍵はかけられていないようで、引くと簡単に開いた。

西川を振り返り、目を合わせる。……近衛美郷を誘拐犯の手から救いに来た二人の学生塾講師。二人に課せられている「役目」はそれだ。自分に演技などできるだろうかと不安になったが、もうあとには引けない。

すべては、誰も傷つかない結末のため。

拓郎は、倉庫の中へと入った。

最終
授業

誘拐すんで日が暮れて

塾の前の道は大通りになっているけれど、生徒の入れ替えの時間は、お迎えの車でいっぱいだ。

「じゃーねー」「またねー」と言いながら自転車に乗って家路につく一年生と二年生。そして四時からは、三年生の授業。よし、今日もがんばるぞ。

「JSS進学塾」と書かれたガラス戸を引き開け、「こんにちは」と元気よく挨拶したはいいけれど、そこは先に来ていた中三生徒たちであふれかえっていた。

みんな、英文暗唱の今日のところをクリアしようと必死なのだ。

「ごめんねー」

と言いながら美郷はみんなの間を抜け、第1教室の中へ。まずは荷物を置いてから、授業が始まる四時までに暗唱を終わらせるのだ。とはいっても、今日の暗唱は目的格の関係代名詞のところだから、簡単だ。

第1教室に入ると、三人の男子がいた。

「おう」

美郷が挨拶すると、三人は振り向いた。

「おう……」

机に座っているのは田畑秀志。そして田畑を囲んでいるのは今野と堀内だった。

「三人とも、暗唱、終わったの？」

「ああ」

「何、してんの？」

覗き込むと、田畑の机の上には一冊の雑誌が開かれていた。

「生物の雑誌だって」

今野が心底感心した口調で言った。

「田畑、すごいよなあ。これ、毎月読んでるんだろう？」

「うん……」

「近衛、知ってるか？」

今度は堀内が自慢げに美郷の顔を見た。

「田畑、将来、獣医になるんだってよ」

「へぇー、ってか、それならもっと数学がんばんなきゃね」

田畑の肩をぽんぽんと叩いて笑うと、

「じゃ私、暗唱、行ってくるわ」

美郷はカバンの中から暗唱用のテキストを取り出し、教室を出て受付へ向かう。

六月三十日、土曜日。美郷が「誘拐」され、「救出」されてから一週間が経つ。この一週間、いろんなことが変わった。でもまずは、第一の目標が達成されたことが美郷にとって嬉しい。田畑は塾をやめないと言った。母親に、しっかりと自分の口で続けたいと言ったらしい。ＪＳＳ進学塾で真面目に勉強して、成績を上げることを約束したんだそうだ。うん。偉いぞ。

そして今日、もう一つ嬉しいことがあった。

午前中、デュアリ君川に買い物に行った。エレベーターで三階から四階に上がる途中、すれ違いの下りエスカレーターに知っている顔を見かけた。山下愛子ちゃんだ。お母さんと一緒で、手をつないでいた。愛子ちゃんのお母さんは静かそうな人で、無表情だったけれど、つないだ手にはたしかに愛情が感じられた。美郷が軽く手を上げると、愛子ちゃんのほうも気づいて、ちょっと手を振ってくれた。お母さんは「どうしたの？　愛子」って聞いていたけれど、美郷のことは言わないようだった。

「先生、暗唱、やってもいいですか？」

受付カウンターの向こうにいる小峰先生に尋ねた。

「次、奥山《おくやま》さんの番だから、そのあとね」

「はーい」

テキストの今日の範囲のページを開き、最終確認をはじめながら、美郷は上高田先生のことを考えていた。

「誰も傷つかない誘拐事件」を計画した美郷だったけれど、唯一の心残りは上高田先生のことだった。

上高田先生は、美郷にとって思い出の、浮力の問題を教えてくれた先生だ。周りにはあの口の悪さを理由に嫌っている人が多かったけれど、美郷はむしろそこに、成績優秀者の寂しさみたいなものを見取っていた。その先生を初めだけでも「仮想犯人役」に仕立て上げてしまったのが心残りなのだった。

今思えば、上高田先生こそ、美郷が唯一甘えられる存在だったのかもしれない。だから、犯人役を任せていいと思ってしまったのかもしれない。いずれにせよ、本人はこれを知り得ない。

身代金の五千円は封筒に入れ、月曜に郵送した。さらに、タクローと西川先生がポストに投函した二万円の封書も、貼りつけておいた紙の下には宛先としてこの塾の住所が書いてある。合計二万五千円は、無事に返ってくる手はずになっているのだ。

塾長はきっと警察には届けないだろうから、この事件はそれでおしまい。上高田先生が、自分が疑われたことに気づかなければ、誰も傷つかず、それどころか山下愛子ちゃんと、田畑秀志と、そして美郷自身を救った事件になるはずだ。

ふと、美郷はカウンター脇の「貸し出し問題集・参考書」棚の一番下の隅を見た。

「あれ？」

思わず、小さく声に出してしまった。

火曜日にこっそり返したはずの『ベストｸシリーズ・中学理科』が、そこにないのだ。……誰かが借りていったのかな？

けれど、ずっと下の隅に置かれていたあの難しい参考書を誰かが借りたがるとは思えない。

田畑かな？

「近衛さん、暗唱どうぞ」

小峰先生が声をかけてきて、美郷はテキストを閉じる。

「はい」

暗唱を始めたら、参考書のことは頭から消えていった。

＊

上高田くんが再び顔を見せたのは、水曜日の午後二時半のことだった。生徒はもちろん、講師もまだ誰も来ていない。加賀見は普段、二時くらいには塾にやってきて、予定を立てたり、コピー機業者や教材業者の対応などの雑務をしている。

「すみません、失礼します」

ドアが開いて、上高田くんが入ってきた。前日に電話をして聞いてみたところ、水曜は大学の講義が午前で終わりだというので、呼んでおいたのだ。

「ああ、まあ入って」

椅子を引いて座る彼の前に、加賀見は一冊の本を置いた。『ベストηシリーズ・中学理科』である。

「昨日、授業が終わったあとに確認したら、カウンター脇の貸し出し棚に戻されていたよ。近衛さんが戻したんだろう」

「そうですか」

くすりとも笑わず、上高田くんはその参考書を受け取り、カバンの中に収める。

「それから、身代金だけどね、ちゃんと返ってきた」

上高田くんは少し、顔を上げた。

山下愛子ちゃんの身代金である五千円と、近衛美郷ちゃんの身代金である二万円は、前後して塾のポストに郵便で届いた。どちらも普通の茶封筒で、宛先はプリントされている。二万円のほうは宛先の四隅にのり付けのあとがあったため、本庄くんと西川さんが君川郵便局前のポストに投函したものがそのまま届けられたのだろう。

発信元はもちろん不明。事件は「犯人」がなぜか身代金を返却してきたという、不思議な終わり方をしたことになる。

「火曜日にも中学三年生の授業があったんだけどね、先生方も生徒も、みんな近衛さんの計画が成功したようにふるまっているよ。まったく、こういうことになると結束が強いんだから」

笑ってみせると、上高田くんは尋ねてきた。

「警察には何も報告しないんですね」

「もちろん。田畑くんのお母さんからのクレームもなくなったし、山下愛子ちゃんも元気そうだし、みんな協力して何もなかったようにしているし。近衛さんの計画した通り、誰も傷つかない誘拐事件が成功したんだ。警察なんかに報告しなくていいだろう」

上高田くんは少し笑い、「相変わらず、雰囲気のいい塾ですね」と皮肉交じりに言った。

しばらく沈黙した。コーヒーでも淹《い》れようかと、言おうとしたそのときだった。

「塾長、俺はこの塾には感謝しています」

彼は急に、意を決したようにしゃべり始めた。

「勉強ができるようになったのはこの塾のおかげ、特に福山先生のおかげだし、夏期講習、冬期講習で朝から晩まで鍛えられたおかげです。ですが」

銀縁メガネの向こうの目が鋭かった。

「勉強を楽しく教えるというのと、生徒を自由にしておくというのは違います。俺は、学習塾はやっぱり、生徒の成績を伸ばすことを第一義とするべきであって、勉強をしたいという意欲のある生徒を育てる場であると考えます。去年のことになりますが、突然やめてご迷惑をおかけしました。でも、俺には今勤めている、芳心ゼミナールでの指導のほうが合っています」

学習塾というものの意義、そして自分自身の学習に対する態度と、加賀見に対する申し訳なさが入り混じった言葉だった。

加賀見は微笑んだ。

「上高田くんには、ＪＳＳ進学塾の『ＪＳＳ』の意味を教えたことがあったかかな？」

「いえ、ありませんが」

不思議そうな顔をする上高田くんに、加賀見は続ける。

「三十年前、仲間と二人で始めた塾なんだ。彼の名前が春山穣《はるやまじょう》といってね。私の名前が、加賀見成一だろう？『じょう』のＪと『せいいち』のＳを取って、初めは『ＪＳ進学塾』と言っていた」

「それだと、Ｓがひとつ、足りませんね」

加賀見はうなずいた。

「春山が別の事業を興《おこ》すからと言って塾を私に任せたとき、私は思い切ってもう一つの『Ｓ』を足すことにしたんだ。私が教え子たちに望む精神を表す一文字なんだ」

「何かの英単語ですか？」

少し恥ずかしく思いながら、加賀見は首を振る。

「世界一、のSだよ」

予想通り、上高田くんはきょとんとした。

「この塾から出た生徒には、どんなジャンルでもいいから、世界一を目指してもらいたい」

「日本語？　Ｗｏｒｌｄのじゃなくてですか？」

「まあ、私もまだ二十代だったからね」

何か言いたそうな上高田くんを遮り、加賀見は続けた。

「でも、あながちこの願いは叶っていないわけでもないよ。卒業生の中には、カリフォルニアで弁護士をしている人もいるし、ロンドンで英文学博士号を取得した人もいる。私の理想の学習塾っていうのはね、上高田くん。学校の成績を上げて、志望校に受からせるというのはもちろんなんだけど、そのあとの人生に必要な勇気というか、精神を育てる場所のことなんだ。この塾で、さまざまな講師たちの生き方に触れ、影響され、自分自身の得意なものを育てて、その後の人生を実り豊かなものにしていく。そういう生徒たちを育てたいんだよ」

「…………」

「上高田くんが、自分の才能を伸ばして生徒たちを育てているなら、それで私は満足だ。むしろ、この塾をいち早く離れて、ホームじゃない塾で新たな才能を指導しているんだから、立派じゃないか」

嘘ではなかった。

上高田くんはしっかりとうなずいた。中学の時よりさらに太ったが、変わらぬ賢そうな顔をしていた。

加賀見は自分の机に歩み寄り、引き出しを開け、一通の手紙と、メッセージカードを取り出した。

「上高田くんは、福山先生のことを尊敬していたね」

「あ、ああ、はい」

「福山先生、結婚したそうだ」

「えっ？」

素直に驚いたようだ。加賀見は報告の手紙を上高田くんに見せる。

「塾からも、おめでとうというメッセージを贈ろうと思うんだけどね、上高田くんもお祝いの言葉を書いていってくれないか？」

上高田くんは福山くんからの手紙を読み、しばらく何かを考えていたが、やがて加賀見の差し出したペンを取った。それからまた、どういうメッセージを書こうかと迷っていた。

「そうだ。忘れてた」

加賀見は思い出し、パソコン脇に置いてあるメモ帳の一番上の紙をちぎった。

「これ、本庄くんの携帯電話の番号とメールアドレスだ。上高田くんの連絡を待っているって」

「本庄が？　どうして……？」

「同窓会を開くんだそうだ」

上高田くんは驚いていた。どうして、自分に……とでも言いたげだった。

「うらやましいな」

本当に、子どもはすぐに大きくなってしまう。そして、自分の生きる道を見つけて、新たな一歩を踏み出す。

加賀見は微笑むと自分の席に戻り、パソコンの作業を続けた。

夏期講習の予定は、まだ決定していなかった。

補講　僕らが勉強をする理由

木曜日。午後四時。

第1教室は塾長センセイによる、小学六年生の国語の授業中。楓は第2教室で、田畑秀志くんにつきっきりで図形の証明問題を指導していた。こんなにいっぱいの特別課題プリント。塾長、相変わらず厳しいなあ。

あの「誘拐」事件から五日。田畑くんはお母さんを納得させて、JSS進学塾を続けることになった。今野くんと堀内くんにも話をつけて、関係もよくなってるみたい。

だけど、やっぱり数学の成績はよくなくて、これでまた状況が元通りになってしまうかもしれないからと、楓が抜擢されての、二人きりの補講。……うん、たしかに田畑くん、数学、特に図形は苦手っぽい。

でも、根気よく教えなきゃ。月谷センパイを見習って。

「四角形が、平行四辺形になる条件は？」

田畑くんは少し考えていたけれど、

「えーっと、『向かい合う二組の辺がそれぞれ平行』、『向かい合う二組の辺の長さがそれぞれ等しい』、『向かい合う二組の角の大きさがそれぞれ等しい』、『向かい合う一組の辺が平行で長さが等しい』、それから……」

　がんばれ。

「対角線が、どうたらこうたらってやつ」

「『対角線がお互いの中点で交わり合う』だよぉ」

「あ、それだ」

　田畑くんは悔しそうに頭を掻く。

「やっぱり、数学、苦手だな」

「あきらめちゃダメだよ」

　すると田畑くんは、楓の顔を恨めしそうに見た。

「先生は、数学が得意だからそんなことが言えるんだ」

　ほわぁ。こういうこと、よく言われるんだなぁ。

　たしかに、数学が苦手って思ったことはないけれど……。

　気弱そうな田畑くんの顔。こないだ、美郷ちゃんのために頑張るって言っていたのに。

　ここで、やる気がしぼんじゃったら、また事態は悪いほうに進むかもしれない。……今の私に、すべてがかかってる？

「こういう勉強して、将来、何になるんだろう？」

　ついに田畑くんは、そう言った。

　――楓の脳裏に不意に、K＆Lキッチンでの光景がよみがえった。

　そうだ。あのとき、美郷ちゃんに言おうとして携帯電話の着信音に遮られた言葉。あれを、美郷ちゃんに言う代わりに、今、田畑くんに言ってあげよう。

「あのね。私が中学生の頃、塾長に言われた言葉があってえ……」

田畑くんは楓の顔を見る。

「勉強ができると、心に余裕が生まれるんだって」

「余裕？」

「そう。勉強するってことは、知識や応用力とともに余裕を手に入れることなんだ。そうなるとね、人に優しくできるんだって」

……楓自身も、この言葉を聞いたとき、ぱっと目の前が開けた気がしたものだ。今まで自分がしてきた、計算を伴う妄想が、人に優しくできることにつながったら、それは幸せなことだ。

「そう。勉強ができて成績が良くなると、他人を支配できたような気になってしまう人がいるけれど、それは勉強したことの使い方を間違っている。本来、誰よりも勉強ができる人は、誰よりも優しくなれる可能性を秘めた人なんだ、って。塾長はそう、教えてくれたんだよ」

「誰よりも、優しく？」

「うん。だって、上高田センセイ、そうだったじゃん」

自分が来たと知ったら美郷ちゃんが傷つくと知って、すぐに塾を去った上高田センパイ。あの人は優しい人だ。楓にはわかっていた。それに……。

「田畑くんは獣医になるんでしょ。獣医は優しい仕事だね」

田畑くんは少し考えていたけれど、うなずいた。

「すごいんだね、織田先生」

「ほわぁ。私は、全然すごくない。すごいのは、塾長だよぉ。だって、一色センセイも、月谷センセイも、上高田センセイも、みーんな、塾長に教わってたんだよ」

目の前で手を振ると、田畑くんは可笑しそうに笑った。

……やっぱり、私、ズレてるかなぁ。

でもいいんだ。ＪＳＳ進学塾の講師として、生徒に大事なことを伝えられるんだから。

「田畑くん、ＪＳＳ進学塾の生徒になれて、よかったね」

「うん」

「美郷ちゃんに、感謝だね」

はにかんだように笑った田畑くんの前には、まだいっぱいの課題プリントが残っていた。


（了）

――「SET　Labo　真砂教室」での七年間で僕が出会った、すべての人たちへの感謝をこめて。

著者プロフィール

1980年、千葉県生まれ。早稲田大学教育学部卒。早稲田大学クイズ研究会OB。

2009年『浜村渚の計算ノート』で第3回「講談社Birth」小説部門を受賞し、デビュー。

同書のほか、『雨乞い部っ!』『へンたて』がシリーズ化されて好評を博す。

他の作品に『双月高校、クイズ日和』『判決はCMのあとで』『希土類少女』など。

国語《こくご》、数学《すうがく》、理科《りか》、誘拐《ゆうかい》

2013年7月10日　第1刷発行
2013年7月30日　第2刷発行

著　者　青《あお》柳《やぎ》碧《あい》人《と》

発行者　村上和宏

発行所　株式会社文藝春秋
〒102-8008　東京都千代田区紀尾井町3-23
電話　03-3265-1211㈹

印刷所　萩原印刷

製本所　矢嶋製本

ISBN978-4-16-382290-7　Printed in Japan